ID를 입력하세요 : 엘리스 월드

ID를 입력하세요 : 엘리스 월드

초판 1쇄 발행 | 2010년 11월 30일
　　 5쇄 발행 | 2018년 7월 20일
지은이 | 선자은
펴낸이 | 최윤정
펴낸곳 | 바람의 아이들
만든이 | 최문정 이창섭 박한솔 양태종 이소희
등록 | 2003년 7월 11일(제312-2003-38호)
주소 | 04001 서울시 마포구 동교로 17안길 43-4
제조국 | 한국
구독 연령 | 11세 이상
전화 | (02)3142-0495 팩스 | (02)3142-0494
이메일 | windchild04@hanmail.net

ISBN 978-89-94475-11-0 44800
　　　 978-89-90878-04-5(세트)

ⓒ 선자은 2010

「이 도서의 국립중앙도서관 출판예정도서목록(CIP)은 서지정보유통지원시스템 홈페이지(http://seoji.nl.go.kr)와 국가자료공동목록시스템(http://www.nl.go.kr/kolisnet)에서 이용하실 수 있습니다.
(CIP제어번호: CIP 2018015025)」

ID를 입력하세요 : 엘리스 월드

선자은 글

바람의 아이들

차례

1. 소문이 퍼지다 _7
2. 분홍색 시폰 원피스 _19
3. 스토커 _35
4. 내 몸을 왜 남이 검사해? _48
5. 날라리란 무엇인가 _61
6. 엄마 친구 아들 _76
7. 비극은 현실에서도 일어나기 마련 _90
8. 고양이 꼬리를 잘라라 _102
9. 나는 엘리다 _112
10. 엘리, 남자 친구를 사귀다 _126

11. 확, 여우목도리를 만들어 버려	_138
12. 내 영혼의 무게라도 줄일 수 있다면	_151
13. 나는 날라리	_164
14. 월요일의 밴드	_176
15. 당신은 가짜야	_195
16. 두드리다가 두드리다	_203
17. 엘리 여행기	_214
18. 내가 모르는 일	_223
19. 다음 여행을 위해	_236

⌛ 작가의 말 _245

1. 소문이 퍼지다

교실이 술렁였다. 소문. 괴상망측한 소문.

처음에는 잔물결일 뿐이었다. 하지만 어디에서 온지 모르는 작은 물결은 또 다른 물결을, 또 다른 물결은 파도를 만들어 냈고 결국 모두를 술렁이게 만들었다.

더러워.

나는 책상 위에 엎드렸다. 어차피 나와는 상관없는 일이다. 아무도 나를 그 사건과 연관지어 생각하지 않는다. 누구나 소문의 주인공이 될 수 있다고? 내 외모를 보면 누구나 단 두 단어를 내뱉을 것이다.

'에이, 설마.'

나처럼 뚱뚱하고 못생긴 계집애는 그런 소문의 주인공도 될 수 없는 것이다. 조연이라면 모를까.

그나마 위안이 되는 것은, 우리 반 아이들 누구도 자기가 아는 사람 중에 소문의 주인공이 있다고 생각하지 않는다는 점이다. 그저 떠드는 것뿐이다. 아무 일도 일어나지 않는 학교에서 모처럼 일어난, 아니 일어났다고 일컬어지는 '사건'이니까. 무슨 말이든 입 밖에 내뱉음과 동시에 소문에 일조하고 싶은 것이다.

"진짜 그랬단 말이야? 누가 지어낸 거 아냐?"

"아유, 신혜나 순진하긴. 요즘엔 다 그런다잖아. 내 사촌동생네 학교에서는 점심시간에 잔디밭에서 그 짓 하다가 걸린 애들도 있대."

"정말?"

혜나가 부끄러움이 묻은 맑은 목소리로 되물었다. 뒤돌아 그 얼굴을 확인하진 못해도 눈에 선하다. 귀여운 눈을 동그랗게 뜨고 놀란 표정을 짓고 있다는 것을. 우리 반 남자애들이 힐끗힐끗 그 귀여운 얼굴을 훔쳐볼 거라는 것을.

"문제는 그게 누구냐는 거지. 학교에서는 헛소문이라고 그러면서 신경 안 쓴다는데 난 아닌 거 같아. 뒤로는 다 조사하고 있을 걸. 사건의 장소는 상관없지만 사건의 장본인은 상관있을 테니까. 아마도 요즘 학주 머리 엄청 빠질 거다."

혜나 친구는 수다를 어쩜 그리 조리 있게 잘 떠는지 모른다. 듣고 있다 보면 웬만한 시인보다 더 은유적이고, 학자보다 더 학술적이다. 물론 그 애의 논리와 말재주는 수다를 떨 때로 한정된다. 언젠가 앞에 나가 발표를 하던 그 애에게 선생님은 말 더듬는 병이 있냐고 물었을 정도다.

혜나는 늘 추종자를 여럿 달고 다녔으니 하나하나 목소리를 기억해 구분해 내기란 어렵다. 게다가 그 애들은 다 비슷비슷하게 생겼다. 하지만 난 몇 명만큼은 기억해 두었다. 수다쟁이가 혜나 친구1, 늘 앞머리에 핀을 꽂고 교정기를 낀 애는 혜나 친구2. 혜나가 주인공이라면 친구1과 2는 낄 데 안 낄 데 다 끼는 감초 같은 조연이다.

"근데 아무도 없는 교실에서 그런다는 게 변태 같지 않니? 옷을 다 벗고 그랬다는 말도 있던데. 청소도 대충하는 차가운 교실 바닥에서 무슨 짓이야? 나 같으면 차라리 노래방을 가겠다! 으, 상상만 해도 너무 징그러워!"

징그럽다면서 왜 계속 생각하는 거지? 네가 더 변태 같아. 처음에는 빈 교실에서 남녀가 뽀뽀를 하고 있었다는 소문이 딥키스에서 어느새 '그 짓'으로 넘어갔다. 이렇게 단시간에도 소문은 부풀어 오른다. 어쩌면 다른 반 교실에서는 '그 짓'을 하는 데다가 본드까지 하고 있었다고 추가되어 떠도는지도.

수다쟁이의 수다는 끝날 줄을 몰랐다. 언제부턴가 혜나도 맞장구를 쳐 주지 않았지만, 수다쟁이는 제 수다에 빠져 눈치채지 못했다. 나라도 뒤돌아 그 애를 멈춰야 할까? 친구라는 이름 아래 가만히 참고 있어야 하는 혜나를 구원해야 할까?

잠깐 영웅심에 사로잡혔던 나는 다시 눈을 감았다. 혜나 같이 뛰어난 애를 감히 내가 구하겠다고 생각하다니 누군가 내 속내를 읽었다면 웃음을 터뜨렸을 것이다. 오히려 구원받아야 할 사람은 바로 나다. 하필 혜나 같은 아이가 내 바로 뒤에 앉는 바람에 쉬는 시간마다 듣기 싫은 수다를 감내해야 하는 것은 나니까.

게다가 혜나는 내 바로 앞 번호라서 무슨 일을 할 때마다 같은 조로 엮이기도 한다. 딱히 피해 주는 건 없지만, 서로 혜나와 같은 조를 하겠다고 바꿔 달라는 통에 아주 골치가 아프다. 이럴 때만 그 애들은 내 존재감을 깨닫는 듯하다.

저번 주에는 혜나와 같이 주번을 했다. 물론 혜나와 주번을 하는 영광을 노리는 애들이 많았지만, 이번만큼은 부러 물러서지 않았다. 그 애들을 살포시 무시해 주며 되레 나는 희열감을 맛보았다. 꼭 내가 혜나랑 같은 등급이 된 착각까지 들었다. 혜나의 피아노 콩쿠르 연습 때문에 거의 일주일 내내 내가 교실 문 잠그는 걸 도맡았지만, 아무 불만도 제기하지 않은 건 혜나에게 표시한 일종의 답례였다.

"어머, 종 쳤다!"

혜나 친구 수다쟁이가 요란을 떨며 일어나는 소리가 들리더니 조금 뒤 무언가가 내 옆구리에 세게 부딪쳤다.

"아야!"

"아, 장은새, 미안."

일어나 보니 혜나 친구1이 넘어졌다가 일어나고 있었다. 모두 바삐 자기 자리로 돌아가려고 난장판이니 그 가벼운 입만큼이나 가벼운 몸뚱이는 힘없이 밀려 넘어졌을 게다. 이게 다 혜나가 내 뒷자리에 앉은 탓이다. 옆구리를 문지르고 있는데 차가운 손이 내 팔에 와 닿았다.

"괜찮니?"

혜나였다. 그런데 좀 기묘했다. 이 위화감은 뭘까? 고개를 갸우뚱하는 찰나에 나는 알아차리고 말았다. 혜나가 웃고 있었다. 1초쯤 되었을까? 스쳐 지나간 웃음이었지만 분명 혜나는 비웃음을 머금은 얼굴로 나를 보고 있었다. 하지만 이내 걱정스러운 얼굴, 상식적으로 그래야 하는 표정으로 돌아갔다. 도리어 미안하게 느껴질 정도로 걱정하는 표정이다. 좀 전 그 표정은 내가 잘못 본 걸까?

"괜찮아……."

내 대답에 혜나 친구는 쏜살같이 제 자리로 돌아갔지만, 혜나는 자기가 잘못한 것처럼 내 곁에 서서 끈질기게 사과를 했다. 예쁜 두 눈을 마주 보고 있노라니 가슴이 다 두근거렸다. 같은 여자라도 반할 정도로 고운 얼굴이다.

착하고 예쁘고 순진한 소녀. 뽀얀 얼굴만큼이나 하얀 마음을 가진 천사. 그러면서도 무시할 수 없는 존재감. 어디에서든 아이들은 자연스레 혜나를 중심으로 모여들었다. 그랬다. 내가 가지지 못한 걸 다 가지고 있는 아이가 바로 이 애다. 얄밉지만 동시에 좋아할 수밖에 없는 아이. 마치 내 몫으로 할당된 행운까지 가져간 양 억울하지만 설사 그렇다고 해도 그게 허용되는 여신 같은 아이.

"신혜나, 무슨 일이야?"

어느새 담임이 들어와 우리 쪽을 보고 있었다. 아이들 눈길이 한번에 쏠렸다.

"네. 은새가 다쳐서요."

"많이 다쳤어?"

투명인간 되기. 내가 초등학교 6학년이 되던 해에 결심한 일이다. 친한 친구가 다른 애들에게 나를 돼지라 칭했을 때, 나는 다짐했다. 이제 아무와도 친구하지 않겠노라고. 철저하게 혼자가 되어 독하게 살을 뺀 뒤에 그 애에게 복수하겠노라고. 하지만 먹는 걸 좋아하고 독하지 못했던 나는 살을 빼는 데 실패했고, 그 대신 친구를 만들지 않겠다는 결심은 꾸준히 지키고 있다. 물론 이 결심 또한 내 자의에 의해 지켜지고 있는 건 아니다. 배신감이 준 상처 때문에 새 학기마다 먼저 말 걸기를 피하고 조용히 지냈더니 자연스레 다가오는 아이가 없었다. 언제부턴가 '쟤는 원래 저래'라는 말이 따라다녔다. 그게 3년째다.

"왜 대답이 없어? 장은새, 진짜 아파?"

담임은 속으로 비웃고 있을지도 모른다. 담임도 남자니까 나처럼 튼튼해 보이는 여자애를 어찌 생각할지 뻔하다. 나는 황급히 고개를 숙였다.

"아니에요. 괜찮아요······."

"뭐라고?"

담임이 가까이 다가오려 했다. 나는 당황해서 고개를 들었다. 주목 받는 건 달갑지 않다. 그때였다. 아직 곁에 있던 혜나가 나를 보고 다시 웃은 것은.

"괜찮대요, 선생님. 은새가 괜찮다고 말했어요."

"그래. 다행이다."

의무감에 학생을 돌보려던 담임은 안심한 듯 칠판 앞으로 돌아갔다. 아마 귀찮았겠지. 그냥 아픈 것도 아니고 반에서 일어난 사고로 누군가 다치는 일이 그다지 달갑지는 않겠지. 만만한 학생일지라도 골치 아픈 학부모를 이끌고 나타날지 누가 알겠는가.

"그럼 자리나 바꾸자."

담임이 칠판에 자리배치도를 대충 그렸다. 그러고 보니 오늘이었다. 애들이 오랫동안 졸라 얻어낸 자리 재배치. 담임은 지난 학기 반평균 성적이 오른 대가로 2학기에는 앉고 싶은 사람과 앉게 해 주겠다고 했다. 다들 기대하는 분위기지만 나는 달갑지 않았다. 같이 앉고 싶은 사람도 없을뿐더러 내가 투명인간이 된 뒤로는 나랑 같이 앉겠다고 나서는 애도 없다. 그저 귀찮고 난처한 행사일 뿐이다.

"자리는 번호 순서대로 고르게 한다. 번호대로 빨리 불러. 시간 없어."

앞 번호인 애들에게 유리했지만, 아이들은 불만을 토로하지 않았다. 변덕쟁이 담임이 언제 마음을 바꿀지 알 수 없는 상황에서 앉고 싶은 아이와 앉는다는 게 감지덕지였던 것이다. 담임 말이 떨어지기 무섭게 아이들은 자기가 앉고픈 짝 이름을 내뱉었다. 혜나는 단연 인기가 많아 가장 자주 이름이 나왔다. 하지만 자기 차례가 올 때까지 혜나는 번번이 고개를 내저었다.

"도대체 신혜나 너는 누구랑 앉겠다는 거냐? 지금 튕기냐?"

담임이 투덜거리듯 말했다. 혜나랑 앉고 싶어 하다가 자기들끼리 앉게 된 추종자들도 입을 삐죽였다.

"은새랑 앉을래요."

혜나는 오늘 나를 여러 번 놀라게 한다. 이게 무슨 일이지? 난 한 번도 혜나와 둘이서만 이야기를 나눠 본 적이 없다. 1, 2학년 때도 같은 반이었지만 우리는 너무도 다른 부류였고, 이번에 앞뒤로 앉게 된 것 말고는 아무 인연이 없었다. 혜나랑 얼굴을 마주 본 것도 오늘이 처음이었다.

1초, 2초.

시간이 멈춘 것처럼 조용했다. 다른 이들도 나처럼 고개를 갸우뚱할 시간이 필요했던 거다. 그리고 누군가 풋 하고 실소를 터뜨리자, 여기저기에서 웃음이 터져 나왔다. 혜나는 얼굴도 예쁘고 공부도 잘하는데 유머도 있구나, 이런 건가.

"진짜야?"

"예, 선생님. 은새랑 앉고 싶어요."

어라? 선생님은 나와 똑같이 황당한 얼굴로 혜나를 바라봤다. 진심이라고? 어쨌든 우리는 3분단 맨 앞자리를 나란히 차지하게 되었다. 나는 그 모든 일이 결정되는 동안 아무 말도 하지 않았다. 혜나가 나를 선택했고, 나는 선택을 당했을 뿐이다. 어쩌면 추종자들이 지겨워 자신에게 관심 없어 보이는 내가 새로웠는지도 모른다. '나에게 무표정한 얼굴을 보인 애는 처음이야' 라든가. 뭐, 상관없다. 나는 누구와 앉든 투명인간이 될 자신이 있다. 지금처럼만 잘 숨어 있다면 아무도 나를 건드리지 않을 것이다.

"은새야, 우리 잘해 보자!"

혜나가 빙긋 웃으며 손을 내밀었다. 꼭 청소년 드라마에 나오는 여자 주인공 같다. 한없이 해맑은 웃음을 짓고 있는 이 아이의 손을 거절할 수 없었다. 나는 그 손을 마주 잡았다. 지잉. 내 마음속에 진동이 울리더니 몸속 어딘가가 간질간질했다. 좋으면서도 불안한 기분. 지금 내가 잘하는 걸까? 우리 반에서 가장 인기 많은 아이와 짝을 하게 되다니.

나는 아무렇지도 않은 척하려고 했지만, 수업 시간에도 자꾸 혜나를 훔쳐보게 되었다. 수학시간에 혜나는 멍하니 앞을 바라보고 있었다. 모범생인 줄 알았더니 딴생각도 하고 그러는 모양이다. 의외로 나와 잘 맞는 아이일지도 모른다. 나에게 이건 기회일까?

혜나와 친구가 된다면, 만약 그렇다면. 나도 단번에 꽤 '괜찮은 애'가 될지도 모른다. 아이들이 서로 같이 모둠을 하자고 하고, 쉬는 시간에 몰려와 수다를 떨고, 점심시간에도 함께 시간을 보낼 것이다. 좀 귀찮긴 하지만, 색다른 즐거움이 있을 거다. 물론 너무 인기가 많아져도 곤란하긴 하다. 지금처럼 혼자 생각할 시간이 줄어들 테니까. 그리고 또 배신이라도 당하는 날에는 그나마 아슬아슬하게 버티던 내 마음이 시커먼 나락으로 떨어질지도 모른다.

그때 혜나가 노트에 뭔가를 써서 내밀었다.

작은 새.
네 별명 어때? 예쁘지?

혜나를 봤다. 아무 표정이 없었다. 왜? 내 눈에 물음표가 가득 떴을 것이다. 하지만 혜나는 대답해 주지 않았다. 가끔 애들이 나를 '작은 새'라고 부르며 웃는다는 건 알고 있었다. 작은 소리로 뒤에서 속삭이며 내 거대한 몸에 어울리지 않는 별명을 불러 댔다. 그리고 깔깔댔다.

혜나가 새삼 내 별명을 들먹이는 이유는 뭘까? 내가 내 별명을 모른다고 생각하고 알려 주려는 걸까? 아니면 진심으로 그 별명이 예쁘다고 생각하는 걸까? 혜나의 추종자들도 나를 작은 새라고 부른다. 고로 혜나는 그 별명이 나를 우스꽝스럽게 만든다는 걸 잘 알고 있을 것이다. 나는 망설이다가 혜나가 쓴 글 밑에 적었다.

근데?

혜나는 대답을 적기 전에 내 얼굴을 보고 웃었다. 천사처럼 환하고 아름다운 웃음이었다.

난 이제 너를 작은 새라고 부를 거야.
나의 작은 새.

그것뿐이었다. 혜나는 선생님에게 눈길을 옮겼고 다시 나를 보지 않았다. 혜나가 쓴 문장에서 나는 아무 감정도 느낄 수가 없었다. 3년째 신혜나라는 아이를 알았지만 오늘 내가 본 신혜나는 완전히 다른 사람 같다. 그건 내가 알아서는 안 되는 금기사항이다. 모두가 알고 있는 혜나는 밝은 햇살 같지만, 오늘 혜나는 깜깜한 그림자 같다.

나는 두렵다. 나에게 무슨 일인가 일어날 것 같은 불길한 예감이 든다.

2. 분홍색 시폰 원피스

역시 안 맞아. 도저히 지퍼를 올릴 수가 없다. 사이즈에 대한 융통성이라고는 찾아볼 수 없는 뻣뻣한 시폰 원피스. 만약 스판으로 된 원피스였다면 나에게 조금의 여지를 남겨 주었을 것이다.

"안 맞니?"

방문 앞에서 엄마가 소리쳤다. 다 알면서 저렇게 확인 사살을 해야 하는 걸까.

"됐어. 안 입는다고 했잖아."

나는 내가 벗어 놓은 껍질로 다시 들어갔다. 펑퍼짐한 검은색 면 티셔츠에 베이지색 면바지. 평범해서 눈에 띄지 않고 몸도 편한 옷이다. 이런 게 바로 내 옷이다.

"아유, 칙칙해. 모처럼 아빠 오시는데 좀 화사하게 입지."

엄마가 얼굴을 찡그렸다. 단지 얼굴을 찡그렸을 뿐인데도 요란스럽게 보인다. 그건 엄마 얼굴 자체가 화려하게 치장되어 있기 때문이다. 진한 화장과 최신 유행을 따른 명품 원피스. 모델처럼 큰 키와 삐쩍 마른 몸매까지. 열여섯 살 딸에게는 고작, 좋은 시력과 오뚝한 코만 물려주었으면서 자신은 갖출 걸 다 갖췄다. 그나마 내 오뚝한 코는 살에 파묻혀 도드라지지 않는다.

나는 다시 방에 들어와 내동댕이쳐진 원피스를 바라봤다. 쓸모없이 아름다운, 그 하늘거림이 나를 불쾌하게 만든다. 우엑. 당장이라도 달려가 화장실에 구토를 하고 저 원피스로 내 입을 쓱쓱 닦고 싶다. 엄마는 눈이 휘둥그레질 테고 나는 아무렇지도 않은 표정으로 원피스를 쓰레기통에 처박아 줄 것이다. 엄마가 디자인한 아름다운 드레스는 그저 오물덩어리가 되어 쓰레기더미와 함께 타 들어갈 것이다.

하지만 그건 내 상상일 뿐이다. 이렇게 아름답고 값비싼 원피스로 그런 짓을 할 수 있을 리 없다.

조심스럽게 원피스를 집어 혹여 구김이라도 갔을까 봐 탁탁 털었다. 옷걸이에 걸면서도 손톱에 걸려 올이 나갈까 조심스러웠다. 혹시나 도망이라도 가진 않나 장롱 문을 닫았다가 다시 열어 확인했다. 애물덩어리는 애증덩어리요, 동시에 내 이상향이다. 언젠가, 그 언젠가 이 망할 원피스에 내 몸이 딱 맞는 날, 비로소 저주의 껍질을 벗고 진짜 장은새로 태어날 것이다. 마법에 걸려 개구리가 되었던 왕자처럼, 그때까지 나는 잠시 이런 모습으로 세상을 견디는 중이다.

"널 좋아해."

진짜 내 모습을 찾게 되는 날, 나는 이 말을 가장 먼저 하고 싶다. 널 좋아해. 나는 널 좋아해. 단지 그 말이면 된다.

아직 아빠가 오려면 한 시간쯤 남았다. 엄마는 아빠에게 잘 보이기 위해 새로 산 옷들을 끊임없이 입어 보고 있다. 그리고 옷을 고르고 나면 예약해 둔 레스토랑에 전화를 걸어 확인하고 백화점 명품샵에 수선을 맡긴 명품 가방을 찾으러 가야 한다. 그에 반해 나는 달리 할 일이 없다. 엄마 말에 의하면 이 주일에 한 번 '밖에' 안 오는 아빠지만, 나에게는 이 주일에 한 번 '이나' 오는 아빠일 뿐이다. 호들갑을 떨 필요는 없다.

"널 좋아해."

나는 침대에 누워 작게 말해 보았다.

석민이는 엄마 친구 아들이다. 소위 말하는 그런, 잘난 엄마 친구 아들이 아니라 그냥 엄마 친구의, 아들이다. 석민이 엄마는 우리 엄마가 디자인하는 옷을 파는 백화점 매장의 사장님이다. 엄마는 자기 옷이 어떤 반응을 보이는지 궁금해서 동네 백화점을 염탐하다가 매장 사장 아들이 나와 동갑인 걸 알았다. 엄마들은 급격히 친해져서 간혹 농담 속에서 사돈을 맺곤 했다.

어릴 적 엄마를 따라 백화점에 가면 짠 것처럼 석민이가 와 있었다. 석민이 엄마는 내가 건강하고 착하고 얌전하다고 좋아했다. 활동적인 아들 하나만 있는 석민이 엄마 눈에는 얌전한 딸이 신비롭게 보였던 것이다. 하지만 엄마들의 바람과는 달리 우리는 이상하게 서로를 싫어했다. 내 눈에 석민이는 키 작은 땅꼬마였을 뿐이고, 아마도 석민이 눈에 나는 통통하고 말수 없는 우울한 여자애였을 것이다. 우리는 서로를 몰래 탐구했지만, 곁눈질로 인한 탐색이었을 뿐 진짜 친구가 되지는 않았다. 내가 그 애를 좋아하게 될 확률은 해가 뜨다 말고 동해에 가라앉는 것만큼이나 희박했다. 아니, 희박해 보였다. 그때까지는.

성장에는 반전이 숨어 있었다. 석민이는 중학생이 되자마자 갑자기 쑥쑥 자라났다. 엄마는 '걔가 검도를 하더니 키가 컸어'라며 대수롭지 않게 말했지만, 내게는 충격이었다. 나는 여전히 통통하고 말수가 없어 재미없는 아이였지만 그 애는 훤칠하고 멋진 킹카가 되었고 목소리도 멋있어졌다. 불공평하게도 석민이만 업그레이드된 것이다.

굳이 따지자면, 나도 중학생이 되자마자 달라진 게 있었다. 모르는 여자애들이 갑자기 다가와 말을 건다는 점이다.

"너, 김석민하고 친하다며?"

"아니. 그냥 엄마들끼리 아는 거야."

고개를 저으면 여자애들은 '그럼 그렇지' 하는 표정으로 그냥 가곤 했다. 여자애들은 석민이라면 사족을 못 썼다. 석민이는 키만 큰 게 아니었다. 키와 덩치만 컸지 여전히 앳된 얼굴은 딱 요즘 트렌드였다. 게다가 알아주는 정의파라고 불렸다. 운동 잘하는 애들 중에는 양아치처럼 싸움질이나 하고 다니는 애들이 많았는데 석민이는 달랐다. 신사적이고 궂은일도 마다하지 않고 나섰다. 한마디로 공부 빼고는 다 잘하는 믿음직한 애. 진짜 엄친아에서 약간 부족하지만, 나름 엄마 친구 아들로 성장한 것이다.

우리는 엄마들의 강요로 내가 작년에 학원을 그만둘 때까지 줄곧 같은 학원을 다녔다. 하지만 우리가 처음 대화 다운 대화를 나눈 건 (정확히 말하자면 말을 '나눴다'고 할 수 없지만) 작년이었다. 이 시점은 아주 중요하다. 그 일이 있은 뒤로 석민이가 내내 나에게 장난스레 말을 걸며 숙제를 빌려 가곤 했으며, 나는 그 애에게 다른 감정을 품게 되었으니 아주 대단한 시작이지 않는가. 내 삶이 언제까지 계속될지 모르지만 훗날 내 인생을 그래프로 그린다면 그날은 꼭 중요 표시를 해야 한다. 빨간색 동그라미로. 밑줄은 기본!

그날은 날씨가 유독 화창했다. 방학이라 학원이 일찍 끝났기에 해는 하늘 가운데 떠 있었고 햇볕은 달걀도 익힐 만큼 뜨거웠다. 머리 가운데가 뜨거울 대로 뜨거워져서 따끔따끔했다. 나는 늘 그랬듯이 혼자서 땅을 보고 걷고 있었다. 그림자가 무척 까맸다. 너무 까매서 꼭 바닥에 구멍이 난 것 같았다. 발을 들이밀면 쑥 빨려 들어갈 것 같은 블랙홀.

"어이."

굵직한 남자애 목소리가 난 건 아파트 단지로 들어가기 직전이었다.

"어어이!"

소리가 한 번 더 났지만, 나는 신경 쓰지 않았다. 나를 부른다고는 생각하지 못한 것이다.

"아휴."

답답하다는 듯 내쉬는 한숨. 동시에 내 뒤로 그림자 하나가 쑥 튀어나왔다. 내 바로 뒤에 나보다 키가 훨씬 큰 남자애가 있었다. 나는 길게 맨 죽도 그림자를 보고 그게 석민이라는 걸 알았다. 하지만 나는 뒤돌아볼 수가 없었다. 초등학교 고학년이 된 다음부터 석민이와 나는 한 번도 말을 나누지 않았다. 그렇다고 모르는 사람처럼 뻘쭘하게 대하자니 그것 또한 민망했다. 우리는 서로 알면서도 동시에 모르는 사이였다.

나는 걸음을 빨리했다. 지금 생각하면 나도 내가 왜 도망갔는지 알 수 없다. 그냥 그때는 그래야 한다고 생각했다.

"어이, 아줌마!"

석민이가 다급하게 외쳤다. 그때쯤 나는 거의 뛰고 있었다. 우리 아파트가 보이자 나는 몸을 날리듯 뛰어 들어갔다. 엘리베이터를 타서야 내가 바보짓을 했다는 걸 깨달았다. 석민이가 나를 바보라고 생각하고 있을 것 같았다. 도대체 나한테 무슨 볼일이 있었는지 미치도록 궁금했다. 하지만 호기심을 풀 기회는 진작 내 스스로 발로 차 버렸다.

훗. 나는 여러 가지 의미를 가진 웃음을 터뜨렸다. 나 자신에게 어이없기도 했지만, 이상하게 기분이 좋았다.

아줌마라니. 여중생이 듣기에는 고약한 말이었지만 석민이가 나를 어떤 식으로든 불러 주었다는 사실만으로 날아갈 것 같았다. 석민이가 왜 나를 불렀는지는 끝내 미스터리로 남았지만, 어쨌든 한 가지만은 분명했다. 그동안 만화책과 드라마에서 봐 오던 놀라운 일이 나에게 일어난 것이다. 만화 속 주인공으로만 여기던 왕자님 김석민이 내 현실 속으로 들어오는 순간이었다.

석민이는 그 뒤로 나에게 친한 척 농담을 건네곤 한다. 옆 반이 된 지금은 아주 대놓고 숙제를 빌려 간다. 우리 반 교실에 석민이가 들어설 때마다 그 심정을 누가 알까? 심장은 요동을 치고 얼굴은 빨갛게 달아오른다. 하지만 그 순간만큼은 반 아이들의 시선이 부담스럽지 않다. 석민이가 숙제 얘기를 꺼내면 나는 그저 고개를 숙이고 '응', '그래' 하고 대답하는 게 다지만, 그것조차 꿈 같다. 모두의 부러운 시선을 느끼는 게 참 좋다. 석민이가 나에게 말을 걸어 주는 순간을 위해 나는 최대한 깨끗하고 예쁜 글씨로 숙제를 한다.

가끔은 내가 자리에 없어도 석민이가 마음대로 내 서랍에서 공책을 빼 가기도 한다. 기분이 나쁘냐고? 아니. 절대 아니다. 이런 행동은 나를 편하게 생각한다는 표시다. 우리가 그만큼 가깝다는 증거다.

사실 석민이가 더 제멋대로 행동한다고 해도, 설사 옷을 다 벗고 길거리에서 춤을 춘다고 해도 나만은 그 애를 이해할 수 있다. 혹 석민이가 나보고 같이 추자고 하면 나는 내 부끄러운 살을 드러내고 커플 댄스를 출 것이다.

나는, 사랑에 빠졌다.

"은새야, 아빠 왔다!"

엄마 목소리가 들려왔다. '쨍' 환상에 금 가는 소리가 들렸다. 로맨틱한 상상에서 빠져나오자 가혹한 현실이 나를 기다렸다. 이 주일에 한 번이나 오는 아빠는 내가 꼼지락대는 사이에 내 방문을 열었다.

"야, 돼지, 방 꼴이 이게 뭐냐?"

보자마자 짜증 섞인 목소리를 던지는 이 사람. 이 사람이 내 아빠다. 나는 또다시 짜증이 났다. 아빠는 엄마한테는 꼼짝도 못하면서 늘 나를 가지고 들볶았다. 잔소리쟁이. 아빠가 서울에서 근무할 때도 그랬다. 그래서 엄마 잔소리와 아빠 잔소리를 동시에 들어야 했던 나는 차라리 아빠가 지방 근무를 간 게 마음 편했다. 반으로 줄어든 소음은 그나마 견뎌낼 만했다.

허나 재앙은 끝난 게 아니었다. 이 주일에 한 번으로 압축되었을 뿐이지. 아빠는 이 주일치 잔소리를 잊지 않고 적립해 두었다가 내 얼굴을 보자마자 쏟아 냈다. 매일 잠자리에 들기 전에 일기를 쓰는 대신 딸에게 할 잔소리를 적어 두는 게 아닐까.

"빨리 옷이나 갈아입고 나와."

아빠는 내 대답을 기다리지 않고 문을 쾅 닫았다. 역시 그랬다. 이건 대화가 아니라 일방적인 속풀이인 것이다. 자기 스트레스를 나한테 푸는 것이다. 나로서는 억울한 일이다. 아빠가 엄마보다 돈을 못 벌어서 지방으로 쫓기듯 내려간 것이 내 탓이라도 된단 말인가.

나는 다시 침대로 돌아가 달콤한 상상이나 마저 즐기고 싶었다. 석민이와 추려던 알몸 커플 댄스나 추고 싶었다. 화려한 레스토랑이고 뭐고 다 귀찮았다. 나는 문을 닫은 채로 소리쳤다.

"엄마! 나 안 가면 안 돼?"

문이 벌컥 열렸다. 엄마가 고개만 쑥 들이밀고 불안한 얼굴로 나를 바라봤다.

"갑자기 왜? 아까 옷도 골라서 입었잖아."

"뭐야, 저게 다 준비한 거였어?"

문밖에서 아빠 목소리가 들려왔다. 역시 이번에도 주말을 망치고 말았다. 짜증난다는 소리가 입술 언저리까지 올라왔지만 문득 든 효심에 애써 주워 삼켰다. 엄마가 아빠 올 날만을 손꼽아 기다린 걸 누구보다 잘 알기에. 나는 분란을 만들지 않고 잘 넘어가고자 노력하지만 언제나 이렇게 기분을 망친다. 아빠는 이죽거리며 내 속을 긁고 결국 나는 거기에 넘어가 화를 내는 것이다. 그러면 내 부모는 꼭 같은 말로 변명 아닌 변명을 한다.

"은새가 사춘기라서."

아, 사춘기. 진짜 내가 사춘기인지는 모르겠지만, 설사 사춘기라고 해도 사춘기라는 말은 듣기 싫다. 음, 그래서 사춘기인가? 어쨌든 정말 짜증나는, 사춘기! 사춘기! 사춘기!

나는 폭발하기 일보직전이었다. 그때 아빠가 기름을 부었다.

"이그, 못난이."

그제야 나는 아빠가 바라는 걸 깨달았다. 아빠는 내가 안 간다고 말해 엄마의 파티를 깨길 진심으로 바라는 것이다. 지금도 분명 혼잣말인 척하면서 일부러 들리게 이죽거렸다. 이유는 모르겠지만 아빠가 뭔가 변했다. 전에도 짜증났지만 좀 더 최악으로 바뀐 거다. 그런 수작에 넘어갈 수는 없다.

"갈게. 간다고."

내 말이 떨어지기 무섭게 엄마가 주차장에서 차를 빼 온다고 집을 나섰다. 아빠는 실망하는 빛이 가득했다. 잘됐다. 계속 아빠를 실망시켜 줄 테다.

엄마 차는 제법 비싼 외제차다. 외식을 하거나 어딜 갈 때는 아빠의 낡은 차 대신 엄마 차를 쓴다. 아무래도 그게 있어 보이니까. 엄마가 이번에 예약한 레스토랑 역시 호화롭고 비싼 곳이었다. 지지난 주에 왔던 곳보다 10퍼센트 정도 더 비쌌다. 그러고 보니 그 전에 왔던 곳보다는 20퍼센트 정도 비싸다. 물가가 그렇게 빨리 상승하는 건가, 아니면 엄마가 일부러 점점 비싼 곳을 예약하는 건가. 엄마의 속내는 뭐란 말인가. 나는 어쩐지 내 부모가 내 부모 같지 않았다. 다들 꿍꿍이가 있는데, 그걸 서로에게는 모르게 하려 한다. 어쩌다 보니 중간에 낀 나만 들들 볶이게 되었다.

"너무 비싼 거 아냐?"

아빠는 눈을 게슴츠레하게 뜨고 메뉴판을 들여다보고 또 들여다보더니 고개를 저었다. 나는 아빠 말에 동감하고 있으면서도 아빠가 그 말을 꺼내는 순간 반대 입장에 서게 됐다. 느닷없이 아빠가 무식해 보이고 부끄러웠다. 이런 곳에서 이런 가격쯤이야 대수로운 일이 아니라는 걸 보여 주려고 나는 소리쳤다.

"엄마, 난 안심스테이크 먹을래!"

"그래. 여보, 여기 별로 안 비싼 거야. 내가 쏘니까 걱정 마."

엄마가 호호 웃었다. 뭐, 일부러 그런 말을 할 필요까진 없는데. 언제나 엄마가 돈을 냈으면서.

"아냐, 오늘은 내가 낼 거야."

나는 놀라 아빠를 바라봤다. 아빠는 자기 돈은 무척 아까워해서 용돈도 엄마한테 타라고 하는 사람이다. 그런 아빠가 웬일로?

"왜?"

"내가 낸다구."

아빠가 고집을 부렸다. 아직 주문도 안 했는데 돈 내는 문제로 옥신각신하다니 창피하다. 나는 다른 손님들이 우리 테이블에 귀를 기울이는지를 관찰하다가 종업원이 다가오는 걸 보고 메뉴판에 고개를 파묻었다. 같은 테이블에 앉아 있지만 앉았다면 일행이 아닌 척할 수 있었을 텐데.

엄마가 다시 말했다.

"그냥 내가 낼게. 여기 얼마나 비싼대."

아까는 별로 안 비싸다더니 또 비싸다고 한다. 나는 아빠가 억지를 부릴까 봐 가슴을 졸였다. 아빠는 무슨 말인가 하려고 입을 오물거렸지만 다행히 아무 말도 하지 않았다. 우리는 무사히 스테이크를 시켜 먹을 수 있었다.

소스 냄새 달콤하고, 육즙 풍부하고, 같이 나온 구운 채소조차 맛있었다. 앞서 나온 스프와 빵, 그리고 후식으로 나온 수제 아이스크림도 괜찮았다. 한마디로 제 값을 하는 음식이었다.

나는 최대한, 이런 맛있는 음식을 이런 곳에서 먹는 게 일상인 양 덤덤한 표정을 지었다.

"맛있지?"

"응. 좋다."

이건 엄마와 내 대화.

물론 아빠의 감상은 달랐다. 엄마가 계산을 하고 있는데 옆에서 한다는 소리가,

"값만 비싸지 드럽게 맛없구먼. 삼겹살이나 먹으러 갈걸. 쳇."

아빠. 아빠. 아빠는 어른이잖아. 왜 이렇게 삐딱한 거야? 아빠, 사춘기야? 비겁하게 이죽거리지 말고 논리적으로 당당히 말하라고! 계산을 해 주던 직원이 민망한 얼굴로 억지웃음을 지었다. 손님, 죄송합니다. 다음에 오시면 더 맛있게 해 드리겠습니다. 아, 친절하기도 한 직원 아저씨. 할 수만 있다면 직원 아저씨를 잡고 말하고 싶었다.

이 사람 우리 아빠 아니에요!

난 내 속의 울림을 다 숨기고 한마디만 했다.

"난 맛있었는데."

아빠는 강하고 모질게 대응했다.

"넌 돼지니까 그렇지."

전혀 농담이라고는 섞여 있지 않은 말투다. 나는 엄마를 위해서 다시 한 번 화를 억눌러야 했다. 그도 그럴 것이 엄마 얼굴은 아까부터 붉으락푸르락했다. 사람들만 없다면 금방이라도 드잡이를 할 기세다. 지금 가장 화가 나는 사람은 단연 엄마일 것이다. 엄마가 이 주일 내내 준비해 온 오늘의 만찬이 엉망진창이 되어 가고 있었다.

내가 화가 나는 건 이런 일이 이 주일에 한 번씩 반복되어도 엄마는 더 좋은 음식점을 예약하고 더 좋은 옷을 골라 입으리란 것이다. 나는 상심함을 그렇게 표현하는 엄마를 마주 볼 수 없었다. 엄마가 저러면 저럴수록 아빠는 더 어긋날 거라는 걸 모르는 걸까? 아빠가 이상해진 걸 모르는 거냐고. 이제는 잔소리만 하는 게 아니야. 우리를 화나게 하려고 작정한 거라고. 떨어져 나가라고 시위라도 하는 것 같다고.

나는 나보다 훨씬 뛰어나고 훨씬 아름다운 엄마가 비련의 여주인공 행세를 하는 걸 두고 봐야 한다. 내가 기억하는 한 아빠는 지난 여섯 달 동안, 고급스러운 건 질색이라는 듯이 일부러 촌스럽게 굴었다. 앞으로도 계속 그럴 태세고.

　우리 가족은 모두 부러워할 만큼 럭셔리한 외식을 끝내고도 집에 오는 내내 아무 말도 안 했다. 아빠는 일부러 하는 게 분명한 늘어지는 하품을 몇 번 하고는 뒷자리에 앉아 코를 드르렁드르렁 골았다. (일부러 코 고는 척하는 것 같다) 나는 운전대에 가지런히 올려진 엄마의 손을 보았다. 정기적으로 네일샵에 가서 비싼 돈을 주고 관리를 받는 아름다운 손톱. 예쁜 빨간 매니큐어를 발라 보석까지 붙인 모습이 아까 그 레스토랑만큼이나 고급스럽다. 나에게는 전혀 안 어울릴 손톱이다. 그러고 보면 나는 엄마보다 아빠와 닮았는지 모른다. 촌스러운 돼지에 불과한 열여섯 살.

　내 방에 들어가자마자 다시 장롱 문을 열었다. 내 꿈이 얌전히 걸려 있었다.

　분홍 원피스에 다시 몸을 우겨 넣었다. 겨우 등으로 팔을 뻗어 지퍼를 잠가 봤다. 어떻게 반쯤은 올라왔다. 어깨를 쭉 폈다. 꽤 괜찮다. 옷이 날개라더니 제법 귀엽다.

　지익.

　날카로운 소리가 귓가를 스쳤다. 소리는 내 등뼈를 타고 온몸을 전율시켰다.

　맞지 않는 옷. 77사이즈는 나오지 않는 엄마네 브랜드 옷.

　그렇다. 분홍 원피스는 꼭 엄마와 나처럼 나와 어울리지 않았다. 내 것이긴 하지만 내가 가질 수 없다. 정답 없는 질문이 먼지처럼 떠돌았다. 이 모든 게 온전히 내 것이 되기까지 얼마나 긴 시간이 필요할까? 드라마 속에 나오는 즐거운 우리 집이 되려면 최종회까지 기다려야 하는 걸까?

3. 스토커

 월요일을 맞아 조금 일찍 학교에 왔건만, 내 자리에는 벌써 혜나 친구2가 버티고 있었다. 혜나 친구2는 수다쟁이만큼 수다를 잘 떨지는 못했지만, 남의 욕을 맛깔스럽게 하는 특기를 지녔다. 상대의 흉을 한눈에 알아보는 관찰력 또한 높이 살 만하다.
 "어? 왔니?"
 혜나 친구2가 떨떠름한 표정으로 물러나며 나를 위아래로 훑어봤다. 나는 내 굵은 다리에서 눈길을 멈춘 그 애를 한 대 때려 주고 싶었다. 하지만 나는 항상 생각만 수다스럽고 과격할 뿐이다. 생각이 수다스러운 건 상상력을 키우는 데는 도움이 좀 되겠지만, 다른 곳에는 아무짝에도 쓸모가 없다.

"작은 새! 안녕?"

혜나가 밝게 인사했다. 그것도 아주 큰 소리로 나를 작은 새라고 불렀다. 교실 곳곳에서 킬킬대는 소리가 들렸다. 나는 혜나가 정말로, 지난 금요일에 말했던 것처럼 나를 '작은 새'라 부르려 한다는 걸 깨달았다. 그것만은 아무리 여신 혜나라도 사양이다.

"혜, 혜나야."

"응! 주말 잘 보냈니?"

모르는 사람이 보면 단짝 친구로 오해할 만큼 다정하다. 아직 자기 자리로 돌아가지 않고 서성이던 혜나 친구2가 나를 노골적으로 노려보았다. 다른 사람도 아니고 혜나 추종자가 곁에 있는 게 마음에 걸렸지만, 지금 아니면 말할 기회를 놓칠 것만 같았다. 나는 억지로 목소리를 짜내듯 말했다.

"그, 그렇게 부르지 말아 줄래……?"

"뭐라고? 잘 안 들려."

예쁜 애가 뭔 목소리가 그렇게 큰지. 혜나 말에 또 반 아이들이 키득키득 웃었다. 차라리 저번 수업 시간에 그랬던 것처럼 공책에 써서 쪽지를 주고받는 게 나을 것 같았다. 글로 쓰는 건 적어도 더 듣거리진 않을 테니까.

"아, 아무것도 아니야."

나는 그냥 자리에 엎드려 버렸다. 혜나 친구1이 혜나 친구2를 부르더니 작게 소곤거렸다. 작은 새가 어쩌고저쩌고 하는 걸 보니 내 이야기를 하는 게 분명하다. 나는 눈을 감고 즐거운 상상을 하려고 노력했다. 석민이가 나에게 말을 걸었을 때, 내가 도망가는 대신에 뒤돌아 이야기를 나누는 상상이다. 만약 내가 그때 뒤로 돌았다면 상황은 달라졌을 것이다.

석민 : 어이, 너 왜 나를 피하냐?
나 : 응? 내가 언제?
석민 : 엄마끼리 친군데도 말 한번 안 걸었잖아.
나 : 그건 너도 마찬가지잖아.
석민 : 그렇지. 미안. 난 사실 너랑 친하고 싶었는데…….

만화책에서 나오는 설정과 똑같다. 꼭, 잘난 남자 주인공은 못난 여자 주인공의 본모습에 반한다.

선생님 : 혜나야, 은새 좀 깨워.

담임 목소리가 끼어들지만 않았어도 석민이와 사귀는 대목까지 상상할 수 있었을 텐데. 나는 힘없이 일어나 앉았다. 오늘따라 일찍 오고 난리다. 어라? 그런데 옆에 웬 여자애가 서 있다. 키도 작고 깡마른 게 참 어두운 인상이다. 얼굴은 왜 또 그리 하얗고 해골 같은지, 교복도 잿빛이라 흑백 영화 속에서 막 튀어나온 귀신 같다.

"우리 반에 오늘 전학 온 친구다. 우리 반은 그런 일 없겠지만, 전학생 따돌리면 너희 알지? 어이, 전학생. 자기소개 해."

"이명…자입니다."

명자라. 요즘에도 그런 이름을 짓는 구세대 부모가 있다니 놀라운 일이다. 반 아이들은 내가 다 민망할 정도로 대놓고 웃었다. 나는 그 연약해 보이는 아이가 얼굴을 붉히고 울며 뛰어나갈 거라고 생각했다. 하지만 명자는 눈을 부라리더니 소리를 꽥 질렀다.

"이씨, 나 개명 신청할 거란 말야!"

그런데 여전히 아이들은 키득댔다. 그도 그럴 것이 화를 내는 꼴이 하나도 무섭지 않았다. 오히려 목소리가 갈라질 정도로 억지로 목을 쥐어짜 소리 지르는 게 우스웠다. 명자가 일부러 자신을 강하게 꾸미고 있는 티가 팍팍 났다. 나는 괜히 부끄러워졌다.

명자는 선생님에게서 뒤돌자마자 입안에 감춰 두었던 껌을 질경질경 씹었다. 그리고 몰래 침도 한 번 탁 뱉었다. 침을 뱉다니. 담배 피우는 애들이나 하는 짓이다. 명자가 보태지 않아도 교실 뒤 바닥에는 침이 충분했다. 침은 고스란히 말라 공기 중에 섞일 것이다. 다른 애들 침이 섞인 공기를 마신다고 상상하면 구역질이 난다. 교실 환경 파괴범이 하나 더 추가된 건 그다지 달가운 일이 아니다.

안 그래도 나는 이번 주 교실 뒤 바닥 청소 담당이었다. 청소 시간까지 벼르고 있다가 수업이 끝나자마자 대걸레부터 들었다. 침 가득한 바닥을 빗자루로 쓸어 낼 수 없는 노릇이었다. 처녀귀신 풀어헤친 머리 같은 대걸레는 아이들 침을 하나씩 지워 나갔다.

"캬. 퉤."

대걸레가 막 할 일을 끝마쳤을 때, 창가 쪽에서 더러운 소리가 들려왔다. 바닥을 보니 동그란 침 자국이 새로 나 있었다. 자기 책상에 앉아 창밖을 내다보던 전학생 명자가 내 눈길을 느꼈는지 고개를 돌렸다.

"아, 청소 중이었니? 미안."

"아니. 청소 중이 아니라 청소 다 한 건데?"

나는 평소와 다르게 또박또박 말을 내뱉었다. 아마도 내 눈에 명자가 만만하게 보였나 보다.

"아……."

명자 얼굴에 진심으로 미안해하는 기색이 스쳐 지나갔다. 나는 금세 이 아이가 나에게 사과를 하겠구나 싶어 기분이 좋아졌다.

그런데 명자는 얼른 얼굴 표정을 바꾸었다.

"그러면 다시 하면 되잖아! 우이, 씨!"

내가 화를 내야 할 순서였지만, 그랬지만, 나는 도저히 화가 나지 않았다. 왜냐하면 명자가 거칠게 말하는 것이 이번에도 너무 꾸며진 것 같았기 때문이다. 꼭 머릿속으로 어떤 말을 할지 대본을 쓴 다음에 그걸 읽는 것 같았다. 이번에 '이씨!'라고 할까, '우이씨!'라고 할까? 그래 '우이씨'가 낫겠다. 그럼 '우이, 씨!'로 할까, '우, 이씨!'로 할까? 뭐 이런 식으로.

"큭."

상상을 하다 보니 나도 모르게 웃음이 터져 나왔다. 명자는 잠깐 황당한 표정을 짓더니 '에헤헤' 하고 멋쩍게 웃었다. 우리는 그렇게 어이없는 상황에서 어이없이 웃었다.

내가 학교에서 웃을 일이 있었던가? 초등학교 때까진 그럭저럭 어울리는 친구들이 있었지만, 중학교에 와서는 한 번도 친구와 마주 웃은 적이 없었다. 참 오랜만이었다. 나는 더 말하지 않고 명자가 만든 새 침 자국을 대걸레로 지워 주었다.

집에 가는 길, 나는 누군가 나를 따라오고 있다는 걸 알았다. 커다란 눈 하나가 내 등 뒤에서 나를 감시하는 느낌. 아니면 작은 눈 수만 개가 거리 곳곳에 숨은그림찾기처럼 깔려 엿보는 느낌.

언젠가 본 어떤 영화에서 커다란 자신이 자기를 지켜본다고 생각하는 여자아이가 나왔다. 나도 커다란 나를 상상해 보았다. 커다란 나. 가뜩이나 중학생치고 옆으로 커다란 나인데, 아예 거인이라면 먹구름이 낀 것처럼 하늘을 다 뒤덮을 것이다.

골목 하나만 돌면 집. 나는 뒤에서 쫓아오는 게 무엇이든 간에 이쯤에서 떼어 버려야 한다고 생각했다. 그래서 집으로 가는 대신, 편의점으로 들어갔다.

배는 고프지 않았지만 삼각 김밥과 컵라면까지 사 먹으며 시간을 때웠다. 후루룩 쩝쩝, 후루룩 쩝쩝. 천천히 먹으려 했지만 어느새 바닥이 보였다. 7분쯤 되었을까? 아니면 8분? 너무 빨리 먹어 치운 것 같아 삼각 김밥을 하나 더 골라 계산대로 갔다. 남자 아르바이트생이 이상한 눈으로 바라봤다. 이 뚱땡이 많이도 먹네, 그러니까 살이 찌지. 이런 눈빛? 하지만 어쩔 수 없다. 시간도 때워야 했고, 게다가 배가 안 고팠다는 게 무색할 정도로 맛있는 삼각 김밥이었으니까.

이번에는 되도록 천천히 껍질을 벗겨 밥풀을 하나하나 세어 가면서 먹었다. 으음. 덕분에 맛을 음미할 수 있었다. 참치와 마요네즈, 다져넣은 양파의 향. 짭조름하고 고소한 밥알. 바삭바삭한 김까지. 다 먹고 시계를 보니 10분이 더 지났다. 총 17분. 또는 18분. 이 정도면 기다리다 지쳐 가버렸으리라.

나는 당당하게 편의점을 나섰다.

"야!"

누군가 소리치며 뛰어나왔다. 전학생 명자였다.

"너였어?"

"내가 나지. 그럼 누구야?"

명자가 고개를 갸웃거렸다. 오늘 처음 본 나를 왜 쫓아온 걸까?

"왜?"

"왜라니?"

이번에도 명자가 고개를 갸웃거렸다. 내키지는 않았지만 말을 길게 할 수밖에 없었다.

"왜 나를 쫓아왔냐고."

"내가 언제?"

발뺌을 하는 건지 뭔지 명자는 모르겠다는 표정을 지었다. 더는 이상한 시선이 느껴지지 않았다. 명자가 눈앞에 나타나서일까, 아니면 내가 예민했던 걸까. 어쨌든 나는 이대로 됐다는 생각에 집으로 걸음을 옮겼다.

명자가 나를 따라왔다.

"너 이름이 뭐냐?"

"장, 은새."

나는 걸음을 멈추고 발음과 띄어쓰기에 신경 써서 말했다. 전학생까지 작은 새라고 놀리는 건 싫었다.

"은새라……. 이름 예쁘다. 부러워."

"그래."

걸음을 빨리했다. 이 애랑 말을 하는 게 싫지는 않았지만, 오랜만의 대화여서 그런지 껄끄럽기도 했다.
"내 이름은 알 거고……. 그런데 그냥 엘리라고 불러."
엘리.
내가 '이명자'라고 알고 있던 아이가 '엘리'란다. 마치 '내 이름은 지영이'라고 말하는 것처럼 자연스럽게 말했다. 나는 이 상황이 농담이라고 생각하고 웃어야 하는지 진지하게 받아들여야 하는지 판단이 잘 되지 않았다. 이 애의 표정이 사뭇 진지하다는 게 마음에 걸리긴 했지만, 누가 봐도 우스운 상황 아닌가.
"곧 개명할 이름이야. 멋있지?"
하나도 멋있지 않았지만, 나는 고개를 끄덕여 주었다. 어차피 이름을 부를 일은 없을 테니까.
"그래, 안녕."
나는 서둘러 인사를 하고 집으로 돌아왔다. 아무도 없는 집. 아빠는 충청도 청주에, 엄마는 회사에. 내 침대만 나를 반겨 주었다. 침대 위에서만 나는 안전했고, 쓸데없는 일상으로 고뇌하지 않아도 되었다.
"이엘리."
이상한 이름이었다. 명자보다 더 이상하게 느껴졌다.
이상한 이름을 알게 된 탓일까? 더 이상한 일은 그 뒤에 일어났다. 누군가 나를 지켜보고 있다는 느낌이 점점 더 강해졌고, 그 느낌이 시시때때로 엄습해 오던 어느 날이었다. 사물함을 여는 순간 나는 하마터면 소리를 지를 뻔했다.

누군가 내 사물함을 뒤졌다. 모르는 사람이 보기에는 달라진 걸 모르겠지만, 내 눈에는 미세하게 달라진 게 보였다. 누군가 뒤졌다가 다시 원래대로 해 놓은 게 분명했다. 책상 서랍이야 가끔 석민이가 공책을 빼 갔다가 다시 넣어놓곤 해서 신경 쓰지 않았지만 사물함이라면 이야기가 달랐다.

가슴이 두근두근 뛰었다. 정말 스토커라도 있는 걸까? 하지만 누가, 나 같은 애한테?

나는 교실을 빙 둘러보았다. 모두 여느 때와 똑같았다. 남자애들은 교실에서 농구공을 던지며 놀고 있었고 여자애들은 자기들끼리 수다를 떠느라 정신이 없었다. 그러다가 공 때문에 남자들과 여자들이 시비가 붙는 건 예삿일이었다. 아니나 다를까, 한 여자애 등으로 공이 스치고 지나가자 수다 떨던 여자애들이 기다렸다는 듯이 일제히 일어나 남자애들에게 잔소리를 늘어놓기 시작했다. 모두, 남자도 여자도 아닌 나에게는 관심조차 없었다.

명자를 안 볼 수 없었다. 명자는 여느 때처럼 책상 위에 걸터앉아 창밖을 내다보고 있었다. 부러 딴청을 피우는 것일까, 아니면 자기가 한 일이 대수롭지 않은 것일까.

누군가 나를 본다는 건 분명 착각이 아니다. 명자가 전학 온 날부터 일이 시작되었고, 편의점 앞에서 튀어나온 것도 명자다. 게다가 나한테 관심을 가지고 말을 걸어온 것도 명자뿐이다.

그렇지만 명자가 왜?

나는 종일 명자와 명자일지도 모르는 스토커 생각에 도저히 수업을 들을 수가 없었다. 얼마나 얼을 빼놓았으면 혜나가 쿡쿡 찔러 주의를 줬을 정도였다. 나는 맨 앞자리에 앉은 것을 처음으로 후회했다. 맨 뒷자리에 있는 명자를 수업시간에 감시할 수 없기 때문이다. 내가 볼 수 없는 상대가 나를 관찰한다고 생각하면 기분이 나빠진다.

결국 나는 학교를 마치자마자 교실 앞에서 명자를 기다렸다. 명자는 우리 반에서 좀 논다는 여자애 셋과 인사를 나누느라 늦장을 부리고 있었다. 그 셋 중 한 명은 사실 '좀' 노는 게 아니라 꽤 잘 놀았다. 옆 학교와 패싸움을 할 때도 주전선수로 끼었고 우리 학교 날라리 무리에서도 우두머리 급에 속했다. 명자는 싱글싱글 웃으며 그 애들에게, 특히 그 짱에게 굽실거렸다.

그런데 잘은 몰라도 명자 뜻대로 일이 돌아가진 않은 모양이었다. 한 아이가 명자를 거칠게 밀치며 말하는 소리가 들렸다.

"꺼져."

명자는 화를 내기는커녕 헤헤 웃으며 물러났다. 나는 명자에게 말을 걸어야 할지 말아야 할지 몰라 못 본 척 뒤돌아섰다.

"야! 뭐 해?"

먼저 말을 건 건 명자였다. 명자는 속도 없는지 싱글거리고 있었다.

"이명자……."

"야. 그렇게 부르지 말라니까? 엘리라고 불러! 엘리!"

갈수록 명자가, 아니 엘리가 이상한 아이라는 생각이 들었다. 뒤를 밟는다든가 내 사물함을 뒤지는 일 정도는 역시 엘리에게 아무렇지 않은 일일지 모른다. 범인은 엘리가 확실하다는 생각이 들었다. 이쯤에서 그만두라고 당당히 말하는 게 나을 것이다. 막 입을 열려는 순간, 엘리가 대뜸 손을 내밀었다. 꼭 악수를 하려는 듯이.

"나랑 베프 할래?"

"뭐?"

뜬금없는 말에 기분이 나빴다. 베스트 프렌드라니. 놀리는 건가? 왜 나한테 그런 말을 하는 거지?

"너 참 좋은 앤 거 같아서."

"아니야."

내 목소리가 지나치게 퉁명스럽게 들렸다. 사실 나는 조롱당한 기분이어서 감정을 감출 수가 없었다. 그래서 나를 조사했던 건가? 그러고 보니 조금 전에 그 애들에게도 친구하자는 말을 이런 식으로 한 거 아닐까? 그랬다면 꺼지라던 대답이 딱 맞는군.

"진짜야. 난 너랑 잘 맞을 거 같아. 나랑 친하게 지내자."

엘리 표정이 기가 막히게 처량했다. 꼭 진심인 것처럼 보였다. 그렇지만 진심이라고 해도 난 이 애랑 어울릴 생각이 없다.

"싫어. 그러니까 이제 귀찮게 하지 마."

거절을 하고 뒤돌아 나오면서 이대로 됐다는 생각이 들었다. 하지만 한편으로는 이대로 괜찮을까 하는 생각도 들었다. 중학교에 오면서부터는 누군가와 가까이 지낸 적이 없었다. 초등학교 때 알던 애들과도 멀어진 뒤로는 쭉 혼자였다. 내가 일부러 그렇게 만든 셈이지만, 때때로 외롭다는 생각이 들 때도 있다.

나는 제법 멀리 떨어진 복도에서 엘리를 지켜봤다. 엘리도 나를 보고 있었다. 깡마르고 키 작은 계집애가 우습게 보였다. 다른 사람 눈에는 뚱뚱하고 말수 없는 내가 우습게 보일 것이다.

뚱보와 말라깽이라는 말을 듣기 딱 좋다. 벌써부터 비웃는 아이들 모습이 눈에 선하다.

나는 미련 없이 앞만 보고 걸어갔다. 복도 끝까지 가서 계단을 내려갈 때까지 단 한 번도 뒤돌아보지 않았다.

4. 내 몸을 왜 남이 검사해?

오늘은 신체검사를 하는 날이다. 간밤에 작은 바퀴벌레 수만 마리가 득실대는 꿈을 꿨다. 벌레가 나오는 꿈은 자잘한 근심을 뜻한다. 내 근심이 그만큼 많고 깊다는 뜻이다.

가장 싫은 건 뭐니 뭐니 해도 체중계다. 남자애들은 키에 더 집착한다지만, 여자애들은 아직도 몸무게에 더 비중을 둔다. 연예인들 프로필을 보면 날씬하면 40킬로그램 정도이고 평균 45킬로그램이다. 좀 통통해 보이면 48킬로그램. 키가 160이든 170이든 상관없이 짠 것처럼 45킬로그램이라고 한다. 50킬로그램이 넘는다고 하면 비만 취급을 받는다.

"아악, 안 돼. 선생님 오늘 아침에 집에서 쟀을 때 1킬로 가벼웠거든요. 빼 주시면 안 돼요?"

벌써 소리를 지르며 좌절하는 아이가 나타났다. 아침밥도 굶고 왔다던데 참 안됐다. 내가 걱정할 처지는 아니지만. 별의별 다이어트를 다 해 본 저 아이가 만족스러운 몸무게를 못 갖다니 안타까울 따름이다.

"장은새! 장은새, 뭐 해?"

"작은 새! 네 차례야!"

선생님에 이어 혜나도 말했다. 선생님이 부를 때는 별 반응이 없던 아이들이 혜나 목소리에 나를 돌아봤다.

벌써 내 차례라니. 나는 얼른 체중계 위에 오르려다가 도로 내려왔다. 힐끔힐끔 나를 보는 아이들 눈길이 부담스러웠다. 슬쩍 둘러보아도 우리 반에서 나보다 몸무게가 많이 나가는 여자아이는 없어 보인다. 키가 178이라는 애도 깡말라서 50킬로그램대일 듯하다.

다행히 다른 애들은 나한테 관심을 두지 않고 방금 잰 혜나 몸무게에 대해 말하고 있었다.

38킬로래. 38킬로.

조금만 더 보태면 내 반밖에 안 되는 무게다. 이런 애랑 여태 짝을 하고 있었다니 나도 참 미련하다. 혜나랑 비교가 돼서 내가 얼마나 뚱뚱해 보였을까.

"야, 일단 올라와. 나만 볼게."

다행히 양호 선생님은 체중을 공개하기 싫어하는 사춘기 여자아이의 몸무게를 재는 일에 전문이었다. 체중이 표시되는 곳을 가려 자신만 보고 기록부에 적었다. 나는 선생님이 적은 내 무게를 보고 깜짝 놀랐다.

70kg.

한 달 전 집에서 잰 것보다 3킬로그램은 더 나갔다.

"몇 킬로야?"

신체검사가 끝나자마자 혜나가 천진난만한 얼굴을 하고 물었다. 다들 자기처럼 떠벌리고 싶어 하는 줄 아는지 이 사람 저 사람에게 물어보다가 나에게까지 온 것이다.

"많이 나가."

"그럼 50킬로?"

또 혜나 목소리가 커졌다. 나는 우리 대화에 관심 있는 사람이 많다는 걸 느꼈다. 혜나의 순진한 추측에 다들 웃음을 터뜨린 것이다. 틀린 건 혜나인데 마치 내가 50킬로그램이라고 주장한 것처럼 날 보고 비웃었다. 나는 변명이라도 하듯 중얼거렸다.

"살이 좀 쪄서."

푸훗. 가까이 몰려와 있던 혜나 친구들 몇이 웃음을 터뜨렸다. 혜나는 왜 이 순간에 그런 변명밖에 못했을까 자책하며 떨고 있는 내 손을 잡았다. 손이 얼음처럼 차가웠다. 가는 손가락이 냉동실에 넣어 두었던 바늘 같았다. 잔뜩 날이 선 바늘.

"괜찮아. 살이야 빼면 되지."

혜나 웃음소리가 묘하게 기뻐하는 것처럼 들렸다. 역시 혜나 이 계집애는 친한 척 착한 척을 하면서 나를 웃음거리로 만들고 있다. 혜나랑 엮이기 전까지 반에서 내가 화제에 오르는 일은 없었다. 아마 반에서 절반 정도는 내 이름도 모를 거다. 이제는 혜나 때문에 '작은 새'로 통하지만.

나는 혜나 손을 보란 듯이 뿌리치고 싶었다. 그런데 내 마음과 달리 얼굴이 빨개졌다. 말이 나오질 않았다. 남이야 살을 빼든 말든, 몇 킬로든 몇 톤이든 무슨 상관이냐고 쏘아붙여야 할 상황이었다. 그런데 내가 할 수 있는 건 그저 잡힌 손을 가만히 빼는 것뿐이었다.

그때 누군가 우리 사이에 끼어들었다.

"야, 얘가 몇 킬로든 네가 무슨 상관이냐?"

엘리였다. 엘리가 혜나 어깨를 툭툭 쳤다. 혜나는 몸을 움츠렸다. 기세를 눌렀다고 생각했는지 엘리가 자랑스럽게 고개를 쳐들었다. 뒤늦게 혜나 친구들이 다가왔지만 엘리가 더 빨랐다.

"말라깽이, 넌 살이나 좀 쪄. 에이, 퉤."

엘리가 뱉은 침이 혜나 발 옆에 떨어졌다. 혜나는 고개를 숙여

침을 보더니 세상에서 가장 지독한 것을 본 양 얼굴을 찌푸렸다. 잘됐다. 공주병 계집애. 나는 웃음이 나오려는 걸 억지로 참으며 고개를 숙였다. 누군가 내 편을 들어준다는 게 이렇게 심장이 간질간질한 일이라니. 새싹이 흙을 뚫고 나오듯 자꾸 비실비실 웃음이 튀어나왔다.

모든 수업이 다 끝나도록 혜나는 나에게 말 한마디 걸지 않았다. 갑자기 굴러들어온 엘리한테 그런 굴욕을 당했으니 내가 밉기도 하겠지. 자기를 추종하는 무리에게 체면이 안 서기도 하고. 나역시 무슨 보복이나 당하진 않을까 두려워 혜나에게 말을 걸지 않았다. 입을 꾹 다문 혜나는 가끔 앞니로 입술을 꽉 깨물었다. 나는 두려워하면서도 한편으로는 혜나를 화나게 한 게 기뻤다. 신체검사를 했는데도 기분이 좋다니 참 모를 일이다.

일희일비라고 했던가. 수업이 끝난 뒤에 숨어 있던 나쁜 일이 일어났다. 집에 가려고 막 뒷문을 나서는데 우리 교실로 들어오던 석민이랑 마주친 것이다.

"어?"

석민이가 먼저 눈빛으로 알은척을 했다. 딱히 인사를 하거나 반가워하진 않지만 내 얼굴에 한참 눈길이 머물렀다. 나는 눈이 마주치자마자 얼른 고개를 숙였다. 우리 반에 왜 온 거지? 나한테 또 숙제 빌려 갈까? 요즘에는 왜 숙제를 안 빌려 가는 걸까? 무슨 일 있나? 다른 애가 빌려 주나? 두근두근 심장이 뛰면서 갖가지 생각이 동시에 떠올랐다. 가끔 내 심장은 미친 것 같았다. 다른 사람도 그러는지 잘 모르겠지만 빨라졌다가 느려졌다가 한다.

나는 복도에 서서 우리 교실 쪽을 바라봤다. 우리 반인데도 차마 다시 들어갈 수가 없었다. 지금 다시 들어가면 석민이가 나를 이상하게 생각할 것만 같았다. 가만히 뒷문을 노려보고 있노라니 혜나가 고개를 쏙 내밀고 내다보았다. 혜나는 교실 안과 복도에 있는 나를 번갈아 보더니 그 중간에 교묘하게 서서 나에게 말을 걸었다. 아주 큰 소리로. 우리 반에 있는 자기 친구와 장난을 치고 있는 석민이도 들을 수 있을 만큼.

"작은 새! 내가 좋은 다이어트 소개해 줄까? 건강을 위해서라도 해야지."

다이어트. 그 단어는 판도라의 상자라도 되는 양 단어로 내뱉어지는 순간 많은 의미를 뿜어냈다. 오늘의 신체검사에서 가장 몸무게가 많이 나갔던 게 누구라는 것을 명백히 밝힘과 동시에 순식간에 나를 다이어트를 해야 할 돼지로 격하시켰다.

인생은 온통 적이다.

적뿐이다.

내가 원하지 않았어도 나에게 온 살들도, 내 예쁜 짝도, 가족도 본의든 본의 아니든 다 나를 괴롭힐 뿐이다.

지금 큰 소리로 나를 작은 새라고 부르는 저 아이. 그리고 웃는 아이들. 나는 도대체 왜 이런 대접을 받아야 하는 걸까? 내가 뭘 잘못한 거지? 아악, 불공평해. 내가 신이라면 이런 식으로 세상을 만들지는 않겠어.

눈앞에서 일어나는 일이 소리가 나지 않는 무성영화처럼 느껴졌다. 영화는 슬로우비디오처럼 느릿느릿 움직였고, 누군가 편집을 한 건지 군데군데 잘리는 부분도 있었다. 눈을 질끈 감았다가 뜨자, 뒷문에서 나를 바라보던 혜나가 사라졌다. 그리고 다시 눈을 끔뻑이자 석민이가 나타났다. 석민이가 가만히 나를 바라보더니 그대로 문을 나와 복도를 지나갔다. 별일 없었다는 얼굴을 하고 평소처럼 친구들과 장난을 쳤다. 하지만 이 비극적인 일은 내 머릿속에서 계속 반복재생됐다. 나를 보는 석민이의 눈은 분명 말하고 있었다. 네 별명이 작은 새야? 진짜 안 어울린다. 친구가 좋은 다이어트 안다니까 꼭 다이어트해라.

혜나가 복수를 제대로 한 것이다. 다 좋다. 다 받아줄 수 있다. 하지만 하필 혜나가 그런 말을 할 때 석민이가 와 있을 게 뭐람. 운도 지지리도 없다.

요 근래 가장 재수 없던 날은 아빠가 온 날이었다. 그런데 오늘 그날이 바뀌어 버렸다.

나는 내가 운동장을 지나는지도 몰랐다. 골목길을 돌아 나가는지도 몰랐다. 정신을 차려 보니 어느새 나는 공원에 있었다. 공원에는 비둘기가 참 많다. 큰 나무 위에는 비둘기 떼가 화목하게 앉아 있고, 그 밑에는 다정하게 싸질러 놓은 하얀 새똥이 범벅이 되어 있다.

새똥 천지에서 조금 떨어진 곳에 내가 늘 앉는 벤치가 있었다. 이 벤치와 바로 옆에 있는 벤치는 비둘기에게서 안전한 곳이다. 비둘기 대부분이 큰 나무에 몰려가 있는 데다가 두 벤치 위에는 나무가 없어서 비둘기 똥을 맞을 일도 없다. 내가 발견한 안전지대다.

나는 때때로 여길 찾아오곤 한다. 비둘기 똥에게서 안전하기도 하지만 사람들에게서도 안전하다. 큰길에서는 큰 나무에 가려 보이지 않고, 안쪽 산책길에서는 예쁜 공원을 만든답시고 깎아 놓은 풀과 나무에 가려 안전하다. 언젠가 발견한 뒤로 이틀에 한번씩은 와서 앉아 있게 되었다. 첫 번째 아지트인 내 침대만큼이나 소중한 곳이다. 내 두 번째 아지트.

오늘의 명상 주제는,

어떻게 다이어트를 할 것인가. 다, 이, 어, 트. 어떻게 하면 진짜 작은 새가 될 것인가.

일 년 동안 산에 들어가 쑥과 마늘만 먹으면 좀 날씬해지려나?

지구를 5바퀴 정도 뛰면 38킬로그램이 되려나? 어디서 들었는데 마시멜로를 먹으면 지구를 몇 바퀴를 돌아야 빠진다던데, 돌 생각도 없지만 그게 몇 바퀴인지도 잘 모르겠다. 여하튼 난 마시멜로를 포함해서 칼로리가 높은 음식을 많이 먹었으니까 좀처럼 살을 빼기 힘들 것 같다. 지방 흡입 같은 수술을 해도 얼마 못 덜어 낸다고 하니 38킬로그램이 되기에는 턱도 없다.

아무래도 기적이 일어나지 않고서는 내가 작은 새가 되는 일은 영 어려울 것 같다.

"야, 꿈 깨라."

누군가 시기적절한 대사를 날려 주었다. 바로 옆 벤치에 있는 누군가가 말이다.

"좋은 말로 할 때 죽어 있으라고! 너 까짓 게 무슨."

어라? 귀에 익은 목소리다. 목소리는 공룡으로 가려진 옆 벤치에서 났다. 조경을 해 놓는다고 공룡을 만들어 놓았는데 관리하는 사람이 없어서 듬성듬성 풀이 말라 떨어져 있었다. 나는 그 틈새로 눈을 댔다. 우리 반 날라리 삼인방과 엘리가 함께 있었다. 더 정확히 말하자면, 엘리는 바닥에 무릎을 꿇고 앉아 있었고 삼인방은 벤치에 발을 올리고 등받이에 걸터앉아 있었다.

"니가 우리랑 같다고 생각해?"

"난 너희랑 친해지고 싶어. 우리 사총사 하자. 어때?"

"이게 아직도 정신을 못 차렸네? 아까 설칠 때 봐줬더니 우리가 우습게 보여?"

"아, 아니. 그게 아니라 아까는……"

그걸로 끝이었다. 엘리는 말을 이을 수가 없었다. 삼인방은 귀찮다는 듯이 엘리를 밀치고 발길질을 했다. 엘리는 종이인형처럼 힘없이 나가떨어져 머리를 감쌌다. 나는 손이 부들부들 떨렸다. 이런 걸 직접 보는 건 처음이었다. 텔레비전에서 보면 저렇게 맞다가 죽는 애도 있던데. 신고를 해야 하나? 삼인방도 같은 반인데 신고는 심한가? 나는 어떻게 해야 하는지 알 수 없었다.

"가자."

텔레비전에서 보던 것과 달리 몇 번 때리지도 않고 그 애들은 가 버렸다. 아마 재미가 없었나 보다. 때리는 시늉을 하는 순간부터 엘리가 축 늘어졌으니 나 같아도 그럴 것 같다. 애들이 공원을 빠져나가 큰길을 건널 때까지 기다렸다가 엘리에게 다가갔다. 엘리는 덜덜 떨면서 몸을 웅크리고 있었다. 아까 호기 좋게 혜나에게 침을 뱉던 엘리는 어디에도 없었다.

"야, 다 갔어."

내 목소리를 알아듣고 엘리가 고개를 들었다. 얼굴이 콧물과 눈물로 범벅이 되어 있었다. 더럽다는 생각도 들었지만, 일단 마음이 안 좋았다.

"괜찮아?"

"응. ……다 봤어?"

그제야 나는 이 상황을 다 지켜보면서도 나서서 말릴 생각을 하지 못했다는 걸 깨달았다. 물론 생각이 났더라도 용기를 내지 못했겠지만.

나는 엘리를 내 아지트 벤치로 옮겨 앉게 한 뒤에 자판기에서 커피를 뽑았다. 커피를 뽑아올 때까지 엘리는 두려운 눈으로 주위를 두리번거리고 있었다. 내 발소리를 듣고 몸을 움찔거렸다.

"걔들 또 올까 봐?"

"어? ……응."

"여긴 괜찮아. 밖에서 잘 안 보여."

"나, 진짜 무서웠어. 죽는 줄 알았어."

엘리는 눈을 동그랗게 떴다. 그깟 몇 대 맞는다고 죽는 것도 아닌데 호들갑이었다. 이제 보니 나보다 더 겁쟁이다.

"그렇게 무서우면서 왜 자꾸 끼려고 해?"

"그건……"

엘리가 말을 흐렸다. 대답하기 싫다면 굳이 캐내어 알고 싶은 생각까지는 없었다. 나는 말을 돌렸다.

"그런데 왜 때린 거야?"

"아까 센 척했다고 그러는 거지. 헤헤. 내가 그렇지 뭐."

아까 일이라면 혜나에게 한마디 한 그 일을 말하는 거였다. 안 보는 척하면서 그 애들이 다 보고 있었다니 뜻밖이다.

"아, 괜히 나 때문에."

"아니야. 걔들이 괜히 걸고넘어지는 건데 뭘. 내가 재채기만 해도 재채기 한 게 마음에 안 든다고 때릴 년들이야."

엘리는 이제야 기운을 차린 듯 주먹을 불끈 쥐었다. 주먹이라고 해 봤자 내 반도 안 되게 삐쩍 마르고 작은 주먹이다. 맞아도 하나도 안 아플 거다.

"그리고…… 꼭 너 때문에 끼어든 것도 아니야. 난 신체검사라는 제도 자체가 마음에 안 들어. 왜 내 몸을 자기들이 검사하는데? 무슨 숙제 검사도 아니고. 이건 학생의 인권을 침해하는 거 아니야? 우리도 인간이라고!"

덮어놓고 동조해 주기에는 엘리의 주장이 그다지 일리가 없었다. 숙제 검사와 신체검사가 비교할 만한 대상도 아니었거니와 건강을 위해서 기록한다는데 어찌 보면 필요한 일 아닌가. 하지만 나는 그 어떤 반박도 하지 않았다. 자신 있게 말하는 엘리가 마음에 들었다. 게다가 내 몸을 남이 검사하는 게 못마땅하기는 나도 마찬가지였다.

나는 엘리가 제법 괜찮은 애라는 생각이 들었다. 좀 엉뚱하고 이상한 구석이 많지만, 그 부분에 있어서는 사실 나도 똑같다. 혼자서 늘 생각에 잠겨 있고 사람들에게 말을 걸지 않는 내가 답답하게 느껴질 법도 하다. 하지만 우리는 어쩌면 서로를 이해는 못해도 그냥 받아들일 수 있을지도 모른다.

"네가 저번에 나한테 하자고 한 거 있잖아……."

다행히 엘리는 한번에 알아들었다. 씩 웃으며 고개를 끄떡이는 모습이 굉장히 어린 여자아이처럼 보였다. 전쟁이 일어난 나라에서 피죽도 얻어먹지 못해 깡마른 채로 동냥을 다니는 난민 아이를 떠올리게 한다. 실제로 엘리는 자라다 말고 죽은 앙상한 나뭇가지 같다. 핏기 없는 모습이 모르긴 몰라도 무언가 굉장히 부족하다는 느낌이 들게 한다. 그래서 나는 이 애를 받아들이고 싶었다.

5. 날라리란 무엇인가

    우리는 아침마다 같이 학교에 가게 되었다. 저번에 만났던 편의점을 중심으로 오른쪽 골목에 우리 집이 있었고 왼쪽 골목에 엘리의 집이 있었다. 우리는 학교에서도 단짝으로 지냈지만, 학교와 집을 오가는 길에서 더 많은 이야기를 나누었다. 내가 속으로만 떨던 수다를 내보이자, 엘리는 무척 좋아했다. 나도 내 수다를 들어줄 사람이 있어서 좋았다. 혼자 수다를 떠는 것보다 훨씬 재미있었다. 엘리는 종종 말했다.
    "넌 정말 재미있는 아이야. 난 보물을 찾은 것 같아."
    유달리 그림자가 긴 어느 날이었다. 여름이 남기고 간 더위도 많이 사라져 제법 쌀쌀했다. 나는 이제 슬슬 스타킹을 신어야겠다고 생각하면서 땅에 비친 내 다리 그림자를 바라보았다. 엘리 다리보다 세 배는 굵어 보였다. 겨울에 두툼한 검은 스타킹을 신으면 더 뚱뚱해 보이겠지? 검은색이라 보기에는 얇아 보이려나? 어쨌든 검은 스타킹은 구멍이라도 하나 나면 보기 흉해서 싫다. 뻥 뚫린 구멍이 점점 커지면서 메롱 놀리는 것 같다.

엘리 역시 나와 같은 생각을 하는 건지 그림자를 뚫어져라 바라보고 있었다. 내가 검은 스타킹과 우스꽝스러운 구멍에 대해 이야기하려던 찰나, 엘리가 입을 열었다.

"넌 진정한 날라리가 뭐라고 생각하니?"

나는 엘리가 무슨 뜻으로 한 말인지 몰라 아무 말도 하지 않았다. 질문은 허공에 붕 떠 둥둥 떠다녔다. 얘는 왜 이렇게 농담을 진지하게 할까?

"나, 어젯밤 진지하게 생각해 봤어. 진정한 날라리란 자신을 찾는 거 같아. 그저 껍데기만 날라리가 되어선 안 돼."

엘리는 정말 진지했다. 간밤에 무슨 일이 있었는지 모르지만, 제법 오래 생각하고 하는 말 같았다.

"그래?"

내가 한 말은 고작 이것뿐이었다. 엘리는 내 대답 따위는 중요하지 않다는 듯 말을 이어갔다.

"날라리는, 날라리는…… 그런 게 아니야. 우리 반 걔네들은 영 아닌 것 같아."

"그런가?"

"나는 진정한 날라리가 되고 싶어. 굉장히 멋있고 막 자신감에 넘치는 그런 사람."

그때까지 우리는 한 번도 얼굴을 마주 보지 않았다. 우습게도 끊임없이 다리를 움직이며 학교로 가고 있었다. 진정한 날라리가 되겠다는 엘리와 속으로만 생각이 많은 내가 학교만은 당연한 듯 가고 있었다.

나는 엘리가 삼인방에 끼기 위해 노력했던 이유를 알 수 있었다. 엘리는 날라리가 되는 가장 쉬운 방법을 택한 것이다. 하지만 그 애들은 엘리가 자기들과 다르다는 걸 눈치 챈 것이다.

어느새 나는 엘리의 날라리론에 빠져들고 있었다. 그냥 웃어넘기기에는 엘리의 옆모습이 매우 진지했다. 그리고 쓸쓸했다. 하루 아침에 쌀쌀해진 바람만큼이나 한순간에 바뀌어 있었다.

무슨 일이 있는 걸까?

묻고 싶었다. 하지만 내 소심함은 말을 꺼내는 걸 망설이게 했다. 엘리에게만큼은 내키는 대로 행동할 수 있다고 생각했는데 그게 아닌 모양이었다. 결국 나는 교실에 들어설 때까지 엘리에게 묻지 못했다.

그다음 날, 엘리는 학교에 오지 않았다. 편의점 앞에서 만나기로 한 시각에서 10분이 지나 전화를 해 봤지만 전화기는 꺼져 있었다. 집 전화번호는 모르기 때문에 먼저 간다는 문자 메시지만 남기고 혼자 학교에 왔다.

"걔는 왜 안 왔어?"

혜나가 웃으며 물었다. 신체검사 날 그 작은 사건 뒤로도 혜나는 나에게 친절히 대했다. 하지만 교묘히 나를 웃음거리로 만들려는 계획은 계속 진행 중인 것 같았다. 엘리와 내가 처음 같이 등교했을 때 우리를 지켜보던 혜나 표정은 가관이었다. 혜나 친구1은 논리적인 수다로 왕따에게 은따 친구가 생긴 경위에 대해 추리했고, 혜나 친구2는 질펀한 욕설 대신 '끼리끼리 놀고 앉았다'고 우리를 평했다.

혜나는 다시 한 번 질문했다.

"왜, 안 왔냐고?"

대답을 하기 싫었지만, 만약 내가 아무 말도 안 하면 또 큰 소리로 떠들게 뻔하다. 작은 새! 내 말 못 들었니? 네 베프 어, 디, 갔, 냐, 고? 그러면 또 반 아이들은 내가 착한 혜나 말을 씹었다고 수군대겠지. 말을 씹다니 참 웃긴 표현이다. 내가 먹을 게 아무리 없어도 말은 안 먹는다고.

"누구?"

"니 단짝 말이야. 까칠한 명자 씨."

"글쎄."

최대한 짧게, 애매한 대답하기.

아마 혜나는 내 짧은 대답 속에서 우리가 싸웠다는 단서를 얻었나 보다. 금세 얼굴이 환해지더니 엘리 흉을 보기 시작했으니까.

"걔 좀 노는 줄 알았더니 그냥 어중간한 애더라. 너도 알았어? 그런 애가 더 무섭다니까. 넌 공부는 못해도 모범생이잖아."

친구2에게 배운 흉보기 기술을 애가 지금 나에게 써먹고 있다.

"응."

"뭐가 응인데? 어중간한 애라는 걸 알았다는 거야? 아니면 이제 안 논다고 대답한 거야?"

"그냥. 뭐."

"뭐야? 아, 답답해."

혜나가 자기 가슴을 툭툭 두드렸다. 답답해하는 것도 귀엽다. 혜나 말에 최대한 짧게 대답하는 건 엘리 생각이었다. 엘리가 전에 있던 학교에서도 혜나 같은 여자애가 있었다고 한다. 그 여자애는 자기를 무시하는 것 같으면 더 집요하게 괴롭혔는데, 결국 혼자 열만 받다가 혼자 폭발해서 쇼를 했다고 한다. 창피한 난리 쇼를 지켜본 반 아이들은 오히려 그 애를 멀리했다고.

그런 애들은 아예 꼬투리 잡을 일을 안 줘야 해. 말은 짧게, 생각은 길게!

그렇게 말하던 엘리가 학교를 안 나왔다. 자칭 단짝이라는 나한테 아무 말도 없이. 나는 혹시나 싶어 꺼뒀던 휴대폰을 켜 봤다. 띠리링.

다행이다. 문자 메시지가 와 있었다.

오늘아파서학교 못감
ㅠ_ㅠ말못해서미안;;
끝나고편의점앞에서봐

바로 답을 하고 싶었지만, 혜나가 나를 보고 있었다. 나는 엘리의 메시지가 아니라는 듯이 시무룩한 표정으로 휴대폰을 껐다. 그제야 혜나는 고개를 돌렸다. 이제 혜나가 나에게 연기도 시킨다. 이런.

학교가 끝나자마자 편의점으로 달려갔다. 엘리는 편의점 앞에 불쌍한 표정으로 쪼그려 앉아 있었다. 그것도 교복을 입고서.

"어디 들어가 있지 그랬어?"

"나 배고파."

고개를 든 엘리 얼굴이 창백했다. 평소 하얀 것보다 더.

"그러니까 들어가서 뭐라도 먹지."

"돈 없어."

"나 있어. 어디 가자."

엄마가 옷 사라고 준 돈이었다. 사실 엘리가 오늘 학교에 왔다면 같이 옷을 사러 가자고 말할 참이었다. 하지만 그런 사치스러운 말을 꺼내기에는 오늘의 엘리가 너무 핼쑥했다.

편의점에서 컵라면을 사 줄 수도 있었지만 일부러 큰길까지 엘리를 데리고 나갔다. 큰길에는 햄버거 집이 있었다. 우리의 영양 보충식. 기껏 중학생이 몸이 허할 때 삼계탕을 사 먹겠는가, 보신탕을 먹겠는가? 그냥 햄버거나 치킨이면 오케이다.

평소라면 햄버거 세트 하나에 햄버거 하나를 추가해서 같이 먹었겠지만, 오늘은 굶주린 어린 양이 있었다. 나는 가장 큰 햄버거 세트 두 개를 시켰다. 내가 햄버거를 들고 올 동안 엘리는 자리에 멍하니 앉아 있었다. 순간 묘한 기시감이 느껴졌다. 예전에 공원에서 커피를 뽑아 올 때와 같은 상황이었다. 그럼 혹시?

탁.

나도 모르게 쟁반을 힘껏 내려놨다. 엘리가 깜짝 놀라 움찔 몸을 떨었다.

"오늘 학교 안 오고 뭐 했어? 누구 만났어?"

"그냥 혼자 거기 계속 있었어."

"어디? 공원에 간 거 아냐?"

"편의점."

"언제부터?"

"너한테 문자 보내고 쭉."

문자 메시지가 도착한 시각은 오전이었다. 그럼 거기 쪼그리고 앉아 점심도 안 먹고 여태 있었다는 건가? 여하튼 누굴 만난 건 아닌 것 같으니 다행이었다. 삼인방 중 한 명이 학교를 안 나오긴 했지만, 그런 일이야 종종 있는 일이었다.

"빨리 먹어."

내 말이 떨어지기 무섭게 엘리는 햄버거를 먹어 치우기 시작했다. 이제 보니 나보다 배는 먹성이 좋았다. 그러고 보면 나는 아직 엘리에 대해 모르는 게 너무 많다. 집주소도 집전화번호도, 부모님에 대해서도, 전 학교에 대해서도 다 모른다.

햄버거 하나를 먹어 치운 엘리는 감자튀김으로 목표를 바꾸었다. 양손으로 게걸스럽게 잘도 주워 먹는다. 나는 일부러 햄버거를 천천히 먹으며 엘리를 관찰했다. 엘리는 먹으면서도 겁에 질린 눈빛으로 가끔 두리번거렸다. 마치 어딘가에 위협적인 존재가 있는 것처럼.

"은새야, 콜라 다 먹었어? 내가 리필해 올게."

어느새 한데 쌓아 놓은 감자튀김을 모두 먹어 치운 엘리는 빈 컵을 흔들었다. 나는 엘리 배가 덜 찼을지도 모른다고 생각했다.

"내가 해 올게. 뭐 좀 더 먹을래? 우리 아이스크림 먹을까?"

"아냐, 아냐. 내가 좀 잘 먹긴 하지만 염치는 있다고! 담에는 이 엘리님이 쏠 테니까 기대해. 컵이나 내놔!"

엘리는 너스레를 떨며 벌떡 일어났다. 먹고 나니 기운이 나는 모양이었다. 내가 알던 엘리 모습으로 돌아온 걸 보니. 그때 내 눈을 사로잡는 게 있었다. 잰걸음으로 가는 엘리의 뒷모습. 뭔가 굉장히 눈에 거슬렸다.

엘리의 다리.

교복 치마 밑으로 삐죽 튀어나온 깡마른 다리에 빨갛고 까만 얼룩들이 있었다. 스타킹도 안 신었는데 맨다리에 왜 저런 무늬가 있는 거야? 머리에 심장이라도 들어 있는 것처럼 머리가 쿵쾅쿵쾅 뛰었다. 단순히 다쳤다고 보기에는 상처가 너무 많다. 엘리가 돌아올 때까지 나는 얼룩들이 허공에 둥둥 떠다니는 환영을 보았다.

"뭐 하냐?"

"너 팔 좀!"

나는 엘리가 자리에 앉자마자 낚아채듯 팔을 잡아 블라우스 소매를 걷었다. 그 바람에 콜라 컵 하나가 쓰러졌다. 뚜껑 때문에 다 쏟아지진 않았지만 빨대구멍으로 콜라가 퐁퐁 새어나왔다. 나는 콜라 컵을 다시 세울 여유가 없었다. 엘리의 팔에서 눈을 뗄 수 없었기 때문이다.

다리와 마찬가지로 팔에도 뻘겋고 퍼런 멍들이 자리 잡고 있었다.

"……왜 이래?"

"몰라. 헤헤. 넘어졌나?"

엘리는 소매를 내리고 휴지로 콜라 흘린 걸 닦았다. 내 머릿속 경고음이 계속 울려 댔다. 엘리에게 무슨 일이 일어난 건지 알아내기 전에는 멈출 것 같지 않았다.

"걔들이야? 그 날라리들?"

"아냐. 아유, 자꾸 말 시키니까 배 꺼진다. 나 아이스크림 먹을래. 사 줄 거지?"

"사 줄게. 사 줄 테니까 빨리 안 불어?"

"야, 화내지 마."

엘리가 불쌍한 눈으로 나를 바라봤다. 다그칠 생각은 없었다. 그냥 화가 났다. 짧은 시간이었지만, 엘리는 친구이기를 넘어서 가족이고 동생 같았다. 세상에서 가장 약한 존재라고 생각했던 내가 누군가를 걱정하고 보호하려 들다니 좀 주제넘은 일인가?

"그냥 대들다가…… 아빠한테 몇 대 맞은 거야……."

"아빠?"

"응, 늦잠 잔다고 회초리 몇 대 맞았어."

회초리? 절대 저 멍은 회초리로 생기는 게 아니다. 하지만 더 추궁하면 엘리는 울음을 터뜨릴 것 같았다. 엘리는 더 묻지 말아 달라는 얼굴을 하고 있었다.

"진짜 싫다."

나는 얼굴을 찡그렸다. 엘리는 고개를 주억거렸다.

"맞아."

"아빠들은 다들 왜 그런지 몰라. 우리 아빠도 완전 짜증나."

엘리를 위로하려고 꺼낸 말이었지만, 생각해 보니 정말 짜증이 났다. 우리 아빠는 최악이다. 딸한테 돼지라고 하질 않나. 아유, 열 받아.

"우리 아빠는 지방에서 회사 다녀서 이 주일에 한 번씩 집에 오거든. 그런데 안 왔으면 좋겠어. 올 때마다 우리 엄마랑 나를 정말 화나게 해. 옛날에는 안 그랬던 거 같은데. 정말 재수 없어."

"우리 아빠도 옛날에는 안 그랬어……."

그러고 보니 이번 주 일요일에 또 아빠가 온다. 남의 속을 뒤집을 거면서 왜 굳이 오는 걸까? 차라리 안 왔으면 좋겠다. 아빠든 주말이든 둘 중 하나는 안 왔으면.

엘리를 든든히 먹여 집으로 들여보냈지만, 집에 와서도 내내 찜찜했다. 엘리가 집에 가서 또 아빠에게 맞을까 봐 걱정이 되었다. 여하튼 이 집 저 집 다 아빠들이 문젠가 보다. 엄마도 그렇게 마음에 드는 편은 아니지만 아빠보다는 조금 낫다. 가끔은 내 친구인 척 눈높이를 맞춰 주기도 하니까.

"슈퍼 슈프림 라지 한판이요."

엄마가 팀 회식 때문에 늦게 온다기에 저녁으로 피자를 시켜 먹기로 했다. 엄마는 팀장이라서 늘 회식에 꼬박꼬박 참석한다. 엄마 딴에는 직원들을 위해서라고 하지만, 아마 젊은 직원들은 엄마가 회식에 끼는 게 달갑지 않을 거다. 노래방에 가서도 엄마가 좋아하는 트로트를 불러 대야 하는 게 얼마나 고역이겠는가. 내 몸매가 이렇게 된 것도 다 엄마 탓이다. 어릴 때부터 늘 외식이 잦은 데다가, 피자를 시킬 때도 라지 사이즈로 시켜서 그렇다. 치킨도 꼭 한 마리 이상, 중국요리도 자장면 한 그릇만 시키는 게 아니라 꼭 탕수육도 추가다. 내 몫만 시킬 수도 있지만 그러면 집에 혼자 있는 게 들킬 것 같아서다. 엄마랑 아빠랑 다 있는 것처럼 꾸미는 거다. 결과적으로 엄마가 여기저기 폐를 끼치는 꼴이다.

엘리가 있으면 정말 잘 먹을 텐데. 그러고 보니 엘리는 늘 배가 고파 보인다. 집이 가난한 걸까? 그냥 말라서 그렇게 보이는 걸까? 그러고 보니 보통 두 개 이상 맞추는 교복 블라우스도 하나뿐인 것 같다. 목둘레가 누런 게 일주일에 한 번만 빠는 거 같다.

피자 시켰는데 울 집 올래?

집에 아무 도 없어;심심ㅠㅠ

문자 메시지를 보내고 나니 엘리가 우리 집 주소를 모른다는 게 떠올랐다. 우리는 항상 편의점에서 만나고 헤어지니 알 턱이 없다. 아직은 집에 가서 노는 사이는 아닌 것이다. 모르면 전화가 오겠지 싶어서 그냥 벌러덩 누웠다. 한참이 지나도 답이 없었다. 전화를 할걸 그랬나 보다.

어느새 피자가 왔다.

"엄마, 피자 왔어요!"

문을 닫기 전에 소리치는 건 습관이다. 맛있는 피자를 먹게끔 회식에 가 주신 엄마에게 감사하는 의미가 아니라, 피자 배달부들으라고 하는 소리다.

나는 컴퓨터 앞에서 피자를 한 조각씩 먹었다. 딱히 컴퓨터로 할 건 없었지만 이메일을 확인하고 가입한 클럽에 들어가 새 글을 보고, 아무도 오지 않는 미니홈피에 일기를 쓰고 나니 시간이 훌쩍 갔다.

띠리리리리.

좀처럼 울리지 않는 내 휴대폰이 울렸다. 엘리였다.

"은새 양, 피자는 잘 먹으셨어?"

그러고 보니 피자가 한 조각도 남아 있지 않았다. 인터넷 기사 보면서 야금야금 먹었더니 먹은 기억도 없다. 어휴, 이러니까 살이 찌지.

"왜 이제 연락해?"

"미안. 문자 이제 봤네. 아직도 혼자야?"

"응. 엄마는 또 열두 시나 돼야 올 건가 봐. 진짜 싫어."

"그럼 내 카페 올래?"

"웬 카페?"

갑자기 이 밤중에 무슨 카페인가 싶어 묻고 보니 인터넷 동호회를 말하는 거였다.

"주소 문자로 날릴게. 나도 지금 카페 들어갈 테니까 채팅하자."

카페 주소를 입력하니 분홍색과 보라색으로 예쁘게 꾸민 카페가 나왔다. 카페 이름은 '엘리's world.' 진정한 날라리가 되기 위한 카페라는 설명이 씌어 있었다.

회원 수는 달랑 두 명. 한 명은 카페를 만든 엘리일 테고, 다른 한 명은 누구지?

나는 가입을 하고 접속 창에 있는 엘리에게 말을 걸었다. 엘리는 아이디와 별명도 엘리였다.

silverbird : 이거 뭐야?

엘리 : 내가 만든 카페 ㅎㅎ

silverbird : 다른 한명은 누구?

엘리 : 몰라~ 어느 날 보니까 가입해 있더라.

활동도 안 해. 유령회원. 닉넴 두드리다ㅎㅎ

게시판에는 엘리 혼자 열심히 올린 글들만 있었다. 날라리답게 옷 입는 법, 세게 보이는 법, 욕 잘하는 법……. 뭐 그런 자질구레한 글들이 잔뜩 있었다. 대부분은 어디서 다른 사람이 쓴 걸 가져와 올린 글이었다. 올해의 패션 경향 같은 기사 스크랩도 있었는데, 도대체 교복만 입고 다니는 엘리가 어디에 활용하는지는 미지수다.

글들은 내가 읽기 전에 모두 한결같이 조회수 1. '두드리다'가 유령회원이긴 해도 종종 들어와 게시판을 두드리긴 하나 보다. 만든 지 꽤 된 카페인데도 회원이 유령회원과 주인장뿐이라니 씁쓸한 일이다.

silverbird : 내가 활동해줄게~ 잘 몰라서 글은 마니 몬 올리게찌만;;

엘리 : 고맙. 큰 활동 기대한다!

또 가슴속이 간질간질해졌다. 누군가 나한테 뭔가 부탁하는 건 참으로 오랜만에 있는 일이었다. 큰 활동? 큰 활동은 내 주제에 무슨. 중학생이 되어서 처음 생긴 친구가 만든 카페니까 노력은 좀 해 봐야겠다.

6. 엄마 친구 아들

 토요일. 엄마는 에스컬레이터를 탈까 엘리베이터를 탈까 한참을 고민했다. 남성복 매장은 고작 4층이지만, 엄마가 디자인하는 브랜드 매장이 있는 곳은 7층이었다. 엄마 브랜드는 20대 초중반이 타깃으로, 한참 인기 있는 깡마른 가수 겸 영화배우가 모델이었다.
 "7층 먼저 들러서 내려오는 게 나을까? 아빠 옷 먼저 사고 올라가는 게 나을까?"
 별걸 가지고 고민이다. 아무렇게나 하면 될 것을.
 "8층 가서 내 옷 사 주고 7층 내려갔다가 4층 가자."
 8층에서는 캐주얼한 옷들을 팔았다. 살이 쪄서 집에 있는 옷들은 안 맞으니 새 옷을 사야 한다.

"엄마가 저번에 돈 준 건 어쨌어? 옷 안 샀어?"

"집에 있긴 한데……. 이왕 나온 김에 좀 사 줘."

사실 돈은 먹을 것이 되어 엘리와 내 뱃속에 들어갔다. 요 며칠 동안 나는 작정한 듯 엘리를 데리고 피자와 패밀리레스토랑을 다녔다. 이상하게 엘리만 보면 자꾸 뭔가 먹이고 싶다. 엘리는 선천적으로 영양소가 결핍되어 있는 인간인지 자꾸 먹여도 혈색이 좋아지지 않았다.

"곰처럼 생겨 가지고 여우가 따로 없네. 알았어. 가자."

엄마는 나에게 분홍색 티셔츠와 보라색 치마를 입히고 싶어 했지만, 어림없었다. 그런 걸 입어봤자 우스꽝스럽게 보일 게 뻔하다. 나는 감색 바지와 밤색 티셔츠를 골랐다. 엄마가 성화를 해서 빨간색 티셔츠를 사긴 했지만, 너무 튀어 보일까 봐 걱정이 된다.

"아빠 오는데 좀 화사한 게 좋잖아. 빨간 거 입어. 넌 누구 닮아서 그렇게 미적 감각이 없다니."

미적 감각이 없는 건 아니다. 미술도 잘하는 편이고 엄마가 고른 옷이 예쁜 것도 안다. 다만 나에게 어울릴 리가 없으니까 안 사는 거다. 게다가 아빠 아빠 노래를 하는 엄마가 미워 좀 삐딱한 것도 있다. 눈 딱 감고 하루 입어 주는 게 뭐가 어렵겠냐마는 아빠에게 잘 보이고 싶은 마음은 추호도 없다. 이번에 어쩔 수 없이 산

빨간 옷을 입으면 분명 아빠는 이럴 거다.

"제육볶음이냐."

정말 지독한 아빠니까 더하고도 남는다.

우리는 바로 7층으로 내려가 석민이 엄마가 하는 매장에 갔다. 엄마 브랜드 옷은 어느 지점이건 장사가 잘되지만 석민이 엄마가 하는 매장이 가장 잘된다. 강남점보다 더 잘 팔린다고 한다. 지금도 아가씨 손님들이 많았다. 다들 삐쩍 마르고 키가 크다. 엄마가 디자인한 옷은 그래야 어울린다. 그러니 거식증에 걸렸다고 소문난 연예인이 모델을 하지.

"어머, 왔어? 은새도 왔네?"

석민이 엄마가 반겼다. 다이아몬드 같은 게 박힌 귀걸이가 찰랑거렸다. 우리 엄마도 질 수 없다는 듯이 웃으며 고개를 흔들었다. 치렁치렁한 금 귀걸이가 반짝반짝 빛났다.

"바빠? 애 아빠 선물 좀 사려고 왔다가 들렀어."

"이번에 신상품이 어찌나 반응이 좋은지 몰라. 다 팔리고 마네킹에 입혀 놓은 거밖에 안 남았어. 다른 매장도 55사이즈는 다 떨어졌다고 하고."

석민이 엄마가 핑크색 원피스를 입은 마네킹을 가리켰다. 저번에 내가 찢어 놓은 원피스랑 비슷한데 하늘거리는 리본이 달려 있었다. 내가 보기엔 다 비슷해 보인다. 엄마는 종종 자기 디자인을 표절하는 것 같다.

"저기요, 이것 좀 보여 주세요."

손님 하나가 내가 보고 있는 마네킹에 다가섰다. 석민이 엄마가 아쉽다는 표정을 지었다.

"아유, 손님. 이건 이거 하나밖에 안 남았어요. 어쩌죠? 손님한테 저엉말 잘 어울릴 텐데, 아쉬워라. 아쉬워서 어째요. 다른 매장에도 안 남았다고 하네요. 우리 브랜드는 모든 디자인이 한정수량만 나오는 거 아시죠? 마구 찍어 내는 그런 흔한 옷들과는 달라요. 한번 입어라도 보실래요?"

석민이 엄마가 쏟아 내는 말에 홀라당 넘어간 그 여자는 눈을 빛내며 고개를 끄덕였다. 아, 어릴 때부터 내가 보아온 바로는 입어 보면 끝장이다. 석민이 엄마는 현란한 기술로 여자가 이 옷을 사게 만들 게 분명하다.

아니나 다를까, 여자가 옷을 입고 나오자마자 석민이 엄마가 기술에 들어갔다.

"어머나! 여태까지 이 옷 사 간 손님 중에 최고로 잘 어울려요. 우리가 모델을 잘못 뽑았네. 손님이 하셔야 하는데. 이 옷이 좀 작게 나온 옷인데도 손님이 날씬하셔서 딱 맞네요."

석민이 엄마 서비스 입담 앞에서는 요즘 최고로 인기 있는 아이돌도 한물 가 버린다. 작게 나온 옷은 무슨. 55사이즈 맞아 보이는 구먼.

결국 여자는 그 옷을 아쉬운 듯 만지작거리더니 말했다.

"이거라도 주세요."

경기 끝. 엄마와 나는 석민이 엄마의 화려한 쇼에 박수를 쳤다. 물론 그 여자 손님이 마지막 남은 보물을 건진 걸 흡족해하며 가 버리고 난 뒤에.

"역시 석민 엄마야. 내가 디자인한 건데도 내가 막 사고 싶어져."

그제야 석민이 엄마는 우리 엄마를 판매에 활용하지 못한 걸 억울해했다.

"아유, 여기 디자이너 선생님이 계신 걸 깜박했네. 참, 좀만 기다려. 여기 이층 가면 브이아이피룸 차 마시는 데 있지? 거기서 차 한 잔 하자."

석민이 엄마가 내 시어머니가 된다면 어떨까? 친절하고 말 잘하고 참을성 많고. 석민이 엄마는 손님이 아무리 귀찮게 해도 화를 내지 않는다. 그저 웃을 뿐이다.

우리가 매장을 막 나오는데, 손님이 들어왔다. 중요한 손님인 듯 석민이 엄마가 잠깐 기다리라며 다시 매장으로 들어갔다. 동시에 엄마는 옆 매장에서 예쁜 옷을 발견한 듯 소리를 질렀다. 나는 석민이 엄마의 판매행위에도, 엄마의 옷 감상에도 동참하고 싶지 않았기에 엘리베이터 앞에 있는 구석의자에 앉아 있기로 했다.

"걔가 계속 신경 쓰이게 하니까 그렇지."

"야, 별것도 아닌 걸로 계속 왜 그래?"

계단 쪽에서 누가 싸우는 소리가 들렸다. 누구는 일부러 싸움구경을 보러 다닌다는데 나는 누군가의 사생활에 그다지 관심이 없었다. 그런데 이번에는 이상하게 귀가 기울여졌다. 목소리가 좀 귀에 익었다.

"별거 아니라고? 나한테는 별거야. 이게 다 오빠 때문이라고."

"아, 진짜 짜증나게 구네. 역시 중딩이라 별수 없구먼. 내가 미쳤지. 어린애랑 뭐 하는 거야."

"말 다 했어?"

날카로운 목소리. 깜짝 놀라 의자에서 일어섰다. 가슴이 두근두근 뛰었다. 내 생각이 맞다면 이 목소리 주인공과 마주쳐서는 안 된다. 잰걸음으로 엄마가 있는 쪽으로 가는데 그 목소리가 나를 불렀다.

"장은새?"

혜나가 눈을 치켜떴다. 그리고 뭐라고 말하려는 듯 도톰하고 귀여운 입술을 달싹거렸다. 나는 관심도 없는 남의 사생활을 엿들은 죄로 문책을 당할까 두려워 무작정 고개를 가로저었다. 그때 구세주가 나타났다.

"은새야, 이제 가자. 아줌마 볼일 끝났다."

우리 엄마를 본 혜나 표정이 싹 바뀌었다. 싸늘한 얼굴이 순식간에 밝고 귀여운 얼굴로.

"어머, 안녕하세요. 은새 친구예요."

멀찍이 서 있던 키 큰 남자가 머뭇거리며 따라오려 했지만 혜나가 손짓 한 번으로 남자를 저지했다. 남자는 한숨을 푹 내쉬더니 어깨를 으쓱했다. 엄마는 남자를 못 본 듯했다.

"아이고, 이렇게 예쁜 친구가 있었어?"

"은새랑 친해요. 짝이에요."

나는 한마디도 안 했는데 혜나 혼자 북치고 장구도 쳤다. 혜나는 우정이 철철 넘치는 눈빛으로 나를 바라봤다. 덕분에 우리 엄마는 기분이 무척 좋은 것 같았다. 그때 석민이 엄마가 나왔다. 나는 혜나와 같이 있던 남자가 혜나를 데리고 가 주길 바랐지만, 남자는 어느새 사라지고 없었다.

"이 아가씨는 또 누구야? 은새 친구?"

"응. 우리 은새 짝이래."

어쩐 일인지 엄마가 자랑스럽게 말했다. 나보다 내 친구가 더 자랑스러운 것처럼 보였다. 두 아줌마는 만장일치로 혜나를 커피숍까지 데려갔다. 도대체 혜나를 왜! 눈치를 줘 봤지만 꿈쩍도 하지 않는 혜나. 오히려 그 차가운 손으로 내 팔짱을 끼고 팔에 힘을 주었다. 꼭 '조용히 하지 않으면 가만 안 둬!' 라고 말하는 것 같았다.

우리는, 아니 나를 뺀 세 여자는 뭐가 그리 재미있는지 쓸데없는 이야기를 하며 수다를 떨었다. 아줌마들과 급속히 친해진 혜나는 석민이 엄마의 후계자가 돼도 좋을 만큼 서비스적인 말을 아주 잘했다. 혜나의 칭찬에 홀라당 넘어간 우리 엄마는 자신이 디자인한 옷을 혜나에게 선물하기로 약속까지 했다. 간사한 혜나는 이렇게 말했다.

"선생님이 디자인한 옷 진짜 좋아해요. 사실은 제 꿈도 디자이너거든요."

언제부터 혜나 꿈이 디자이너였던가. 지난번에 설문조사할 때는 스튜어디스라고 적었으면서.

나는 빨리 이 시간이 지나가 버리길 빌었다. 하지만 황당한 일은 연이어 일어났다. 석민이 엄마 휴대폰이 울렸을 때, 나는 다시 한 번 불길한 기분이 들었다.

"돈? 알았어. 이리로 와. 2층 커피숍이야. 괜찮아. 은새 엄마랑 같이 있어. 얼른 와."

"석민이?"

"문제집인가 뭘 산다고 돈 달라고 하네. 아침에도 타 갔으면서. 이거 또 딴 데 쓰려고 거짓말하는 건가? 우리 아가씨들은 안 그러지?"

나는 억지로 고개를 끄덕였다. 석민이를 보는 건 좋았지만, 혜나가 신경 쓰였다. 혜나는 천천히 찻잔을 들어 홍차를 마셨다. 계속 그렇게 친한 척을 한다면 나도 그럴 수밖에. 나는 혜나 손을 잡았다.

"너 안 바빠? 아까 일행도 있던데 가야 하는 거 아냐?"

"일행?"

이상하게 혜나 눈이 사나워졌다. 가라고 해서 화났나? 다행히 엄마 시선이 혜나에게 머물자 혜나는 곧 표정을 바꾸었다.

"아, 우리 오빠. 오빠는 먼저 집에 갔어. 난 좀 더 있어도 돼."

오빠? 그러고 보니 잘생기고 키도 큰 게 혜나랑 비슷하긴 하다. 그 집안 피는 부모 모두 아주 좋은가 보다. 휴, 나도 아빠가 아니라 엄마를 닮았더라면 지금보다 훨씬 나았을 텐데. 태어나기도 전 정자와 난자일 때의 잘못을 후회하고 있을 때, 석민이가 왔다. 석민이는 내가 있어서 놀랐다는 듯이 나를 보고 이어서 혜나를 보았다. 혜나에게 눈길이 오래 머물렀다.

"석민아, 넌 왜 은새한테 인사 안 하니? 둘이 친하게 지내면 좋으련만."

"……안녕. 장은새."

석민이는 마지못해 인사를 하면서도 혜나를 보고 있었다. 걱정

했던 일이 일어난 게 분명하다. 혜나처럼 예쁜 애를 그냥 지나칠 남자애가 어디 있겠는가. 눈을 내리깔고 있던 혜나가 고개를 들자, 석민이는 얼른 눈길을 피했다.

엄마는 그런 것도 모르고 나만 바라봤다.

"은새야, 넌 인사 안 해? 석민이가 인사하잖아. 아유, 우리 애가 수줍음이 많아서."

우리 엄마는 석민이가 남자답고 잘생겼다며 사위를 삼고 싶다고 입버릇처럼 말한다. 참한 며느릿감이라며 무조건 나를 좋아하던 석민이 엄마는 아들의 인기를 안 뒤로 마음이 조금 바뀌었다. 내가 좋은 대학에 가야 참한 며느릿감이라는 것이다.

"안녕."

"응."

나는 짧은 한마디를 하면서도 얼굴이 뜨거워졌다. 안녕. '안녕'이라는 말이 너무 형식적이라 어색하게 느껴졌다. 다른 때 같았으면 좀 더 길게 말했을 석민이였다. 어른들이 있어서 그런 걸까? 아니면 다른 사람 때문에? 문득 고개를 돌리는데, 옆에 있는 혜나가 나를 보고 있었다. 혜나는 뜻 모를 웃음을 지으며 다 안다는 눈빛을 보냈다.

석민이가 가고 모두 자리에서 일어섰을 때, 혜나가 내 팔을 붙잡았다.

"선생님, 은새랑 잠깐 쇼핑하면 안 돼요? 친구 선물 살 건데, 같이 골라 줬으면 좋겠어요."

"그래? 그럼 그러렴. 은새야, 나 4층에서 아빠 선물 사고 있을게, 글루 와."

애가 점점 왜 이럴까? 혜나가 우리 엄마에게 꼬박꼬박 선생님이라고 부르는 것도 싫은데, 이제는 나랑 단둘이 쇼핑을 하겠단다. 무슨 꿍꿍이인지 몰라도 무섭다.

선물을 사겠다던 혜나는 나를 화장실로 데려갔다. 화장실 입구에 있는 큰 소파에 나를 앉혔다. 혜나가 늘 짓고 있는 친절하고 착한 표정은 찾아볼 수 없었다. 차가운 손만큼이나 싸늘한 얼굴이었다.

"아까 걔, 석민이라고 했지?"

불길한 예감이 맞아떨어진 것이다. 석민이 이름이 나오자 오소소 소름이 돋았다.

"왜?"

"걔랑 좀 사귀어 볼까 하고."

"뭐?"

"왜? 안 돼? 니가 좋아하는 애라서?"

어떻게 안 걸까? 나는 눈을 크게 뜨다 못해서 눈알이 튀어나올 것 같았다. 당당하게 말하고 싶은데 자꾸 입술이 떨렸다. 더듬더

듬 겨우 말이 나왔다.

"무, 무슨, 소, 소리야?"

"괜찮아. 어차피 짝사랑은 짝사랑일 뿐이잖아. 설마 석민이 같은 애가 너랑 잘될 거라고 생각하는 거니?"

"아, 아니. 그렇지만…… 너 갑자기 왜 이래?"

내 말에 혜나 얼굴이 더 무섭게 변했다. 서슬이 퍼랬다.

"갑자기라니? 넌 내가 원래 이런 애라고 생각하잖아. 안 그래? 너 짝사랑이라도 뺏기고 싶지 않으면 행동 조심해. 더 독한 일도 난 해."

가끔 혜나가 여우 같다고 생각한 적은 있지만, 그건 나 혼자 한 생각일 뿐이었다. 혜나가 이렇게 화를 낼 정도로 드러내고 행동한 적은 없었다. 나는 혜나가 지나친 반응을 한다고 생각했다.

"화, 화내지 마. 왜 그런진 모르지만……"

"난 계속 널 지켜볼 거야. 알았어? 조심해라."

혜나는 그대로 가 버렸다. 혜나가 이야기를 하면서 꽉 쥐었던 팔이 얼얼했다. 보니까 손자국까지 나 있었다. 혜나가 나에게 심하게 대한다는 생각이 들어 억울했다. 혜나는 도대체 왜 나를 이렇게 미워하는 걸까? 석민이 일도 그렇다. 내가 조금만 잘못하면 석민이를 빼앗겠다고 협박을 하고 있다. 무섭다. 누군가에게 이렇게 미움을 받는 것도, 석민이를 뺏기는 것도.

더 분한 건, 이런 일을 눈앞에서 그냥 당해야 한다는 거다. 다른 여자애 같으면 소리를 지르거나 좀 고전적인 방법이긴 하지만 얼굴을 할퀴었을 것이다. 하지만 나는 아무것도 할 수 없는 소심한 70kg의 여자아이였고, 상대는 겨우 38kg의 여우였다.

동료가 필요했다. 당장 4층에 있는 엄마도 아니요, 벌써 연락이 끊긴 초등학교 때 친구들도 아니었다. 아빠는 더더욱 아니었다.

엘리! 나 좀 도와줘
너한테 할 말 있어

무심코 문자를 보냈다가 마음이 급해 통화 버튼을 눌렀다. 띠리링. 띠리링. 신호가 갔다. 빨리 받아, 엘리. 엘리 목소리만 들어도 한시름 놓일 것 같다. 쿵쾅대는 내 심장이 좀 느려질 것 같다. 하지만 한참이 지나도 신호만 갔다. 몇 번을 걸어도 자꾸 음성사서함으로 연결됐다.

네 번째 걸었을 때, 신호가 두 번 가더니 누군가 전화를 받았다.
"엘리!"
"여보세요?"
굵직한 아저씨 목소리였다.
"누구세요? 엘리, 아니…… 명자 전화 아니에요?"

"……맞는데, 혹시 명자 친구니? 난 명자 아빤데…….."
"명자 좀 바꿔 주세요."
명자 아빠는 좀 뜸을 들였다. 생각하고 있는 듯했다. 조바심이 났지만, 나는 참고 기다렸다.
조금 뒤 명자 아빠가 말했다.
"명자…… 없다. 걔 또 집 나갔다."

7. 비극은 **현실에서도** 일어나기 마련

'엘리스 월드'에 들어가기 위해 로그인을 했다. 아무래도 엘리가 카페에 무슨 글을 남겼을 듯했다.

로그인을 하자마자 쪽지가 와 있는 게 눈에 띄었다. 그럼 그렇지. 엘리가 나에게 아무 말도 없이 가출을 할 리 없다.

나 여행 가.
이거 아이디 비밀번호 가르쳐줄게.
카페 부탁한다!

그걸로 끝이었다. 사라지는 사람이 남기는 쪽지치고 너무도 짧았다. 나한테 할말이 고작 이거인가? 치사하게도 내가 그동안 엘리에게 먹였던 음식들이 다 생각났다. 햄버거를 시작으로 피자와 자장면, 하다못해 친구들끼리는 한번도 먹어 보지 않은 대패 삼겹살까지. 내가 생각했을 때 기름지고 맛난 음식은 다 거둬 먹였다고.

엘리는 몰랐겠지만, 그건 내가 할 수 있는 가장 다정한 행위였다. 누군가에게 먹을 걸 나눠 주는 일이 얼마나 대단한 일인지 그 애는 알지 못했던 것이다. 그러니 나에게 한 마디 상의도 없이 홀연히 떠나 버린 것이지. 게다가 고양이도 아니고 카페를 부탁한다고?

평온해져 가던 내 삶은 하루아침에 비극으로 변했다. 친구는 떠났고, 혜나는 이유 없이 나를 싫어하며 맴돌고, 내일은 아빠가 온다. 어느 것 하나 무난하게 넘어갈 만한 일이 없다. 당장 아빠가 오는 일요일이 될 테고, 그걸 견디고 나면 혜나를 봐야 하는 월요일이 올 거다. 그나마 내 편을 들어줄 친구도 사라졌다. 걱정거리는 계속 내 머릿속을 맴돌았다. 엘리, 혜나, 아빠. 아빠, 엘리, 혜나.

인간이 자연법칙을 거스를 수 없는 일. 일요일은 기어코 오고 말았다. 아빠는 아침 일찍 방긋 웃으며 모습을 드러냈다. 그렇지만 여전히 나를 돼지라고 불렀고, 엄마가 선물 해 준 와이셔츠가 촌스럽다고 했다. 감각 있는 디자이너인 엄마가 고른 와이셔츠가 촌스럽다니, 억지도 이런 억지가 없다. 게다가 점심때 엄마가 야심 차게 예약한 레스토랑의 바닷가재 요리에서는 비린내가 난다고 우겼다. 오븐에 바싹 구워 온 게 비린내가 난다고? 말이 돼?

조금 위로가 된 건 내가 혜나 생각 때문에 아빠에게 집중하지 못했다는 것이다. 아빠가 아무리 도발을 해도 내 귀에는 혜나가 한 선전포고가 울려 퍼졌다. 당장이라도 어디선가 혜나가 튀어나와 '석민이는 내 거야!' 라고 소리칠 것 같았다.

문제는 저녁때 일어났다. 바쁜 일이 있다며 저녁도 먹기 전에 부랴부랴 터미널로 간 아빠에게서 전화가 온 거다.

"내 휴대폰 좀 찾아서 가져와. 너네 엄마 차에 놓고 왔어."

"내가? 어디로?"

"설마 내가 너보고 청주로 오라겠냐? 이 바보야. 강변터미널로 와. 차 시각 미뤘으니까."

엄마에게 가져오라고 안 한 건 아빠가 엄마랑 둘이 만나기 싫기 때문일 거다. 내가 끼어 있지 않은 자리는 분명 삭막할 테니. 두 사람만 같이 있는 모습은 잘 상상이 안 된다. 차라리 내가 희생하는 것이 낫다. 우리 부모도 처음에는 사랑해서 결혼했을 텐데. 아닌가? 왜 이렇게 된 거지? 언제부터였을까? 이렇게 되어 버린 것이.

"엄마, 나 아빠 휴대폰 갖다 주고 올게."

"저녁 안 먹고?"

"금방 갖다 와."

강변터미널까지는 그리 멀지 않았다. 지하철 한 번만 타고 쭉 가면 된다. 사정을 설명하자 엄마는 두말없이 차 키를 내밀었다. 차 뒷좌석 바닥에 휴대폰이 있었다. 아까 아빠가 벌러덩 누워 코를 골 때, 그때 떨어진 모양이다.

휴대폰 첫 화면에 안 어울리게 아기 고양이 사진이 있었다. 코에 까만 점이 있는 고양이.

"웬 고양이?"

동물이라면 질색인 아빠인지라 굉장히 뜻밖이었다. 뜻밖이라는 생각을 하니 휴대폰을 뒤져 보고 싶었다. 휴대폰 안에 더 의외인 사실들이 숨어 있을 법했다. 물론 남의 휴대폰을 마구 들여다보는 건 사생활 침해다. 하지만 우리 친아빠니까 괜찮지 않을까? 초등학교 4학년 때 아빠가 내 일기장을 훔쳐봤다는 걸 나는 안다. 이걸로 비긴 걸로 하지 뭐.

나는 예의상 지하철을 타기 전까지는 휴대폰을 열지 않기로 했다. 지하철을 타러 가면서 자꾸 휴대폰을 든 손에 땀이 났다. 선물을 받고 포장지를 뜯기 일보직전인 기분? 생일 케이크에 촛불을

켜 놓고 축하노래가 끝날 때까지 기다리는 기분? 그런 기분을 만끽하면서 지하철을 탔다.

가운데 의자 맨 오른쪽 자리가 비어 있었다. 어중간하지 않고 안정적인 자리다. 자리를 잡고 떨리는 손으로 휴대폰을 열었다. 앗, 휴대폰 잠금 표시.

나는 다시 휴대폰을 닫았다가 열었다. 선명한 자물쇠 표시. 문자를 보려고 해도 비밀번호를 넣으라고 나왔다.

삑삑삑삑.

처음에는 아빠 전화번호 뒷자리.

아니었다. 비밀번호 변경까지 하다니 예상 외로 치밀한 아빠다. 나는 포기한 채로 '0'을 네 번 눌렀다. 아아.

치밀한 아빠라는 말은 취소다. 무심코 누른 번호로 잠금이 풀리자, 나는 잠시 전의를 잃었다.

늘 하던 버릇대로 문자 메시지함부터 봤다. 의외로 메시지함이 꽉 차 있었다. 아빠도 문자를 하나? 엄마는 가끔 한다는 걸 알았지만 아빠와 문자 메시지는 전혀 어울리지 않는다.

메시지는 모두 한 곳에서 온 것이었다. 고양이. 고양이? 야옹야옹 진짜 고양이는 아니고 고양이라는 사람에게 온 메시지. 아빠도 우리처럼 별명으로 전화번호를 입력해 두나? 거참, 신기하다. 휴대폰 하나 뒤졌을 뿐인데 아빠에 대해 새로운 걸 많이 알게 됐다.

최근 메시지부터 거꾸로 하나씩 읽기로 했다. 토요일 밤 메시지.

잘들어가셨죠?

음, 토요일에 이 사람을 만났나 보다. 우리한테는 중요한 일이 있어서 토요일이 아니라 일요일에 온다고 해 놓고 이 사람, 아니 고양이를 만나?

*오늘은 입맛이 없나봐요^^*

이 고양이를 보게나? 입맛이 없다고 노골적으로 말한다. 저녁을 사 달라는 거지. 게다가 웃는 아이콘까지.

네~ 그럼 거기서 봬요

이런, 만난 적이 한두 번이 아닌 모양.

아저씨 도화이팅!

아저씨? 그럼 고양이가 어리다는 건데?

"이번 내리실 역은 강변, 강변입니다."

어느새 다 왔다. 나는 문자 몇 개만 보고도 상황을 다 알 수 있었다. 아빠는, 바람이 난 것이다. 그것도 한참 어린 여자랑. 아빠 나이 마흔여섯 살. 아빠를 '오빠'가 아닌 '아저씨'라 부를 정도면 20대일 거다. 정말 최악이다.

아침드라마에서나 있는 일이 나와 엄마에게 일어나다니. 손발이 부들부들 떨리고 어지러워서 더는 서 있을 수 없었다. 나는 지하철역을 채 빠져나가지 못하고 눈에 가장 먼저 보인 의자에 털썩 주저앉았다.

엄마, 불쌍한 우리 엄마.

엄마는 마흔다섯 살. 고액 연봉의 디자이너, 인기 브랜드 상품을 만들어 내는 팀의 팀장, 날씬한 몸매, 세련한 옷차림, 삼십 대로 보이는 얼굴. 무엇 하나 빠지지 않는다. 게다가 늘 자격지심을 느끼는 아빠를 무시하기는커녕 절절매며 얼마나 잘하는가. 조금이라도 좋은 옷을 입히고 조금이라도 좋은 걸 먹이고! 그런데 아빠는 왜 삐딱한 걸까? 어쩐지 요즘 들어 더 퉁명스러워지고 짜증이 늘었다 했다. 바람. 이제 우리 집은 파멸로 접어드는 거다. 아침드라마에서 그러하듯이. 이제는 찬바람만 불어도 아빠의 여자가 생각나 치가 떨릴 것 같다.

엄마에게 알려야 하나?

"엄마, 청주에 아빠 여자가 있어요!"

엄마에게 말한다. 엄마는 열이 받는다. 청주로 달려간다. 아빠를 다그쳐 그년의 집을 알아낸다. 그년 머리끄덩이를 잡는다. 그년도 만만치 않아서 손톱으로 할퀸다. 이혼 서류를 쓴다. 4주 후에 뵙자는 말을 듣는다. 내 양육권을 가지고 싸운다. 아니다. 이 부분에서는 아빠가 친히 양보할 거다.

머릿속에 뻔한 전개가 그려졌다. 일단 엄마가 그 여자랑 싸우는 건 싫다. 엄마는 의외로 여려서 당할 게 뻔하다. 일을 하고 있지만 그 세계밖에 모르는 숙맥일 거다. 가뜩이나 나이 먹고 머리숱 적어졌다고 한탄인데 머리채도 한 움큼 뽑힐 거다.

띠리리리.

아빠가 때마침 전화질이다.

"왜 안 와?"

"다 왔어."

뚝.

정신을 차려야 한다. 일단 고양이인지 강아지인지 전화번호를 내 휴대폰에 입력했다. 그리고 로봇처럼 뚜벅뚜벅 터미널로 갔다.

아빠가 얼굴을 잔뜩 찡그리며 담배를 피우고 있었다.

"왜 이렇게 늦게 와?"

"곧바로 나온 거야."

바로 휴대폰을 건네주었다. 아빠는 휴대폰을 받자마자 주머니에 넣었다. 보통은 부재중 전화를 확인한다던가 하지 않나? 이제는 아빠가 하는 행동 하나하나가 다 의심스러웠다. 내가 눈치챈 걸 알면 어떤 얼굴을 할까?

아빠는 내 얼굴을 보며 한참 생각하다가 말했다.

"저녁 안 먹었지? 뭐 먹고 싶어?"

목소리가 부드러웠다. 황당하다. 집에서는 꼴 보기 싫다는 듯 짜증이란 짜증은 다 내면서. 그런데 더 황당한 건 내 기분이었다. 아빠가 나한테 저녁을 먹자고 하는 게 싫지 않았다. 원래대로라면 바람 피우는 아빠 따위와 저녁을 먹어선 안 되는 거지만.

"아무거나."

"버스 출발하려면 한 시간쯤 여유 있어. 맛있는 거 먹어도 돼."

만날 뚱땡이, 돼지라고 놀리던 아빠가 웬일이지? 아, 그렇다. 드라마 공식. 바람 피우는 게 미안해서 갑자기 가족들에게 잘해 주기. 그래. 원하는 대로 마음껏 먹어 주지.

"고기."

우리는 돼지갈비 집에 들어갔다. 아빠는 옷에 냄새가 배는 게 신경 쓰였는지 카운터에 겉옷을 맡겼다. 오늘도 그 여자를 만나러 갈 셈이 분명하다.

아빠는 별말 없이 고기를 구웠다. 스테이크를 먹으러 갈 때마다 짜증을 부리더니 여긴 그렇게 좋은가 보다. 뭐가 그리 좋은지 실실 웃는다. 그 여자 만나러 갈 생각을 하니까 좋은가 봐?

"뭐 좋은 일 있어?"

"우리 딸이랑 둘이 데이트하니까 좋아서 그러지. 좋으니까 술 한 잔 해야겠다."

허. 어이없다. 딸 같은 여자랑 만나더니 버릇이 됐나 보지? 아빠는 소주를 한 병 시켜 작은 잔에 따랐다. 달달달. 술 따르는 소리가 상쾌하다. 엄마가 예약한 레스토랑에 갈 때는 죽어도 와인을 안 먹겠다고 버티는 아빠다. 아빠는 딱 소주 체질이라면서.

"나중에 우리 딸 더 크면 술도 같이 마셔야지."

"됐어."

나는 죽자 살자 고기만 집어 먹었다. 쌈도 싸 먹지 않았다. 오기가 난다. 스테이크 같은 우리 엄마를 버리고 고양이를 택해? 그 고양이는 돼지갈비를 좋아하나 봐? 나는 그 얼굴 모를 여자를 씹듯 고기를 잘근잘근 씹었다. 고기가 참 부드러웠다.

삼인분인가 먹었을 때, 아빠가 빤히 바라보는 걸 느꼈다. 보나마나 뻔했다. 돼지라고 또 놀리려고?

"어이구, 돼지야, 더 시켜 줄까?"

이상한 일이었다. 돼지고기가 맛있어서일까? 이번 '돼지야'는 그다지 기분 나쁘지 않았다. 그러고 보면 어릴 때는 아빠가 나를 돼지라고 불러도 아무렇지도 않았다. 아빠는 놀리고 나는 부러 발끈하고. 둘이 티격태격하는 게 일상적인 장난이었다. 오히려 그러는 게 즐거웠다.
"됐어. 차 시각 늦어."
"그러네. 그만 가자."
아빠는 부랴부랴 나서면서도 나를 지하철역까지 데려다 주었다. 엄마랑 함께 있지 않은 아빠가 유독 친절한 게 못마땅하다. 엄마 대신 다른 여자를 끼워 놓고 세 식구 오순도순 살자는 뜻 같았으니까.
카드를 찍고 안으로 들어가자, 아빠가 말했다.
"미안하다."
나는 대답도 없이 돌아서 버렸다. 뭐가 미안하다는 건지 알고 싶지도 않았다.

집에 돌아와 컴퓨터를 켰다.
누군가에게 하소연하고 싶었다. 그 상대는 불행하게도 엘리밖에 없었다. 나는 엘리에게 쪽지를 썼다. 이것저것 쓰다 보니 길어져 장문의 편지가 되고 말았다.

"엘리……."

엘리가 이 쪽지를 언제 읽을지 모르겠다. 저번처럼 한나절이면 편의점 앞에 앉아 있을 줄 알았던 엘리는 어디에도 없었다. 엘리의 아빠가 가지고 있는 엘리 전화기는 야속하게도 줄곧 꺼져 있었다.

나는 엘리의 아이디로 로그인했다.

쪽지 : 1

내가 방금 보낸 쪽지였다. 나는 엘리 대신 쪽지를 열었다. 그리고 그 쪽지를 한 줄 한 줄 다 읽었다. 쪽지 속의 나는 세상에서 가장 비참한 열여섯 살이었다. 나는 마치 엘리가 된 것 같았다. 쪽지 속의 나를 위로해 주고 싶었다.

"은새야, 세상은 정말 제멋대로야! 그치?"

엘리가 있다면 분명 이렇게 말했을 것이다.

8. 고양이 꼬리를 잘라라

"작은 새! 주말 잘 보냈어?"

혜나는 토요일에 있었던 일은 깡그리 다 잊은 듯 환하게 웃었다. 혜나에게 혹시 쌍둥이 동생이 있는 건 아닐까 의심이 들 정도였다. 학교 버전 혜나는 적어도 다른 사람들 앞에서는 여전히 친절했다. 나는 최대한 혜나와 둘만 남겨지는 일이 없도록 조심하기로 했다.

담임은 엘리가 학교에 안 나왔는데도 신경 안 쓰는 눈치다. 혜나가 엘리가 안 왔다는 걸 상기시켰지만, 담임은 알고 있다고 말했을 뿐이다. 아마도 가출 문제에 대해서는 엘리 아빠와 상의가 끝난 모양이다. 엘리 아빠는 비록 폭력 아빠이지만 상황 판단이 빨랐고, 그 대처능력 또한 탁월했다. 담임도 일을 크게 만들고 싶지는 않았을 테고 조용히 기다리는 걸로 합의를 봤을 것이다.

학교가 끝날 때까지 모든 게 순조로웠다. 나는 엘리가 전학 오기 전처럼 조용히 앉아서만 지냈다. 그런데 수업이 끝나자마자 일이 벌어졌다. 석민이가 여느 때처럼 자기 친구를 만나기 위해 우리 반에 오자 혜나 눈빛이 변한 것이다. 자기가 육식동물이라는 걸 깜박 잊고 있던 사자가 먹이를 발견하고 정체성에 막 눈을 뜬 형세였다. 먹잇감을 보는 혜나 눈이 어찌나 반짝이던지 눈이 다 부셨다.

"어머, 안녕?"

혜나가 반갑게 인사하자 석민이가 무척 당황했다. 석민이 친구가 '오오' 하면서 혜나와 석민이를 번갈아 바라봤다. 석민이 친구는 우리 반에서 가장 키가 큰 애였는데, 농구를 한다는 것 말고는 전혀 아는 바가 없다. 심지어 이름도 모른다. 혜나는 석민이 친구의 호응에 힘입어 한층 강도를 높였다.

"나 기억 안 나? 토요일에 우리 백화점 커피숍에서 봤잖아."

누가 들으면 백화점 커피숍에서 주말 데이트라도 한 줄 알겠다. 나는 안 보는 척하면서 느릿느릿 책가방을 쌌다. 아니, 진작 다 싼 책가방을 다 끄집어내어 다시 정리했다. 애꿎은 필통을 들었다가 놨다가 시간을 끌었다.

"진짜야? 너희 소개팅 했어? 오오, 짜식."

석민이 친구가 걸려들었다. 혜나가 속으로 웃고 있다는 건 안 봐도 뻔했다. 이제 셋은 자연스럽게 어울려 어디 가서 뭐라도 먹겠지. 혜나처럼 착하고, 아니 착해 보이고 예쁜 애가 마음만 먹으면 못할 일이 뭐가 있겠는가. 내 자신이 오그라드는 느낌이 들었다. 점점 오그라들어 언젠가 펑 사라질 것처럼 느껴졌다. 속이 부글부글 끓었지만 이내 가슴을 진정시켰다. 왜 나는 이렇게 소심할까? 겁쟁이. 멍청이. 비겁해.

"야, 둘이 무슨 사이야? 불어."

"그런 거 아니야! 나 쟤 알지도 못해."

어라? 석민이 얼굴이 빨개졌다. 게다가 어울리지 않게 허둥대더니 제 친구를 확 밀치고 나가 버렸다. 호박꽃들 사이에서 어여쁘게 빛나는 장미꽃 혜나를 거들떠도 안 보고. 석민이 친구는 황당한 얼굴로 바삐 따라 나갔다. 몇몇 남아 있던 우리 반 애들은 웅성거렸다. 지금 저 상황이 무슨 상황이래? 혜나가 차인 거야? 나에게도 들렸으니 혜나에게도 분명 들렸으리라.

한동안 혜나는 표정관리를 못하고 씩씩거렸다. 혜나 친구1과 2가 주위를 얼쩡거렸지만 섣불리 말을 붙이지 못했다. 나는 혜나가 제정신으로 돌아오기 전에 얼른 자리를 떴다. 불똥이 나에게 튈 게 뻔하다.

집에 가는 내내 혜나가 따라올까 봐 가슴이 두근두근했다. 편의점까지 와서야 안심이 되었다. 엘리가 편의점 앞에 쪼그리고 앉아 있길 바랐지만, 편의점 앞에는 휴지조각만 뒹굴었다.

집에 오자마자 엘리 아이디로 또 로그인을 했다.

'엘리스 월드'는 아무 변화도 없었다. 새 글이 올라오지 않아서인지 방문자도 0이었다. 두드리다는 새 글이 올라오면 그제야 들어오는 모양이다. 아무도 없는 빈 카페가 주인 잃은 똥개마냥 처량 맞았다. 나는 글쓰기 버튼을 눌렀다. 아무것도 쓰여 있지 않은 공간이 펼쳐졌다. 한참을 무엇을 쓸지 고민하는 사이에 자동저장이 네 번이나 되었다.

엘리가 주로 올리던 미용과 패션, 그리고 날라리론 중에 내가 그나마 쓸 수 있는 게 무엇일까? 패션 디자이너의 딸인 게 무색할 만큼 패션에는 영 관심이 없다. 날라리 세계에 대해서는 당연히 일자무식이다. 예전에 즐겨찾기에 저장해 두었던 페이지를 마구 클릭해 보았다. 아, 있다. 다이어트. 다이어트도 미용 쪽 아닌가? 요즘 애들이 가장 관심가지는 분야이기도 하고.

비록 다이어트에 성공한 적은 없지만 정보만큼은 빠삭하다. 여러 가지 다이어트 방법과 운동법을 보이는 대로 다 수집해 두었다. 나중에 대학생이 되어 자유를 만끽하기 직전에 나는 다이어트를 할 거다. 미운오리에서 백조로 거듭나는 달콤한 꿈은 검색을 하라고 속삭였고, 그렇게 나온 지식은 즐겨찾기와 블로그에 차곡차곡 쌓였다.

팔뚝 살 빼는 법

나는 제목을 적고, 수집한 자료를 짜깁기해서 올렸다. 수건으로 하는 운동, 덤벨로 하는 운동, 그냥 팔을 마구 꼬집으면서 셀룰라이트 제거하기. 따라 하다 보면 금방이라도 팔뚝 살이 사라질 것 같다.

사진도 넣어 예쁘게 꾸몄다. 다 만드니까 잡지에 실려 있는 것처럼 그럴듯했다.

이제 누가 이걸 보는 일만 남았다. 유령회원 두드리다, 혹은 여행을 떠난 엘리가 어느 곳에선가 볼 수도 있다. 만약 엘리가 본다면 잘하고 있다고 칭찬해 줄지도 모른다.

엘리 아이디로 카페에 글을 올린 지 사흘이 지났다. 의무감에 올린 글이 이상하게 신경이 쓰였다. 컴퓨터를 할 수 없는 시간에도 문득 문득 그 글이 생각났다. 멋진 글도 아니고 단지 '팔뚝 살 빼는 법'이었지만. 나는 마치 평생의 역작이라도 되는 양 수시로 '팔뚝 살 빼는 법'을 회상했다.

하지만 야속하게도 조회수는 계속 0이었다. 두드리다는 들어오지 않는 모양이었다. 아마도 두드리다는 이런 카페에는 들어올 시간도 없는 아주 바쁜 사람일 것이다.

"멍하니 뭐 해? 밥이 코로 들어가겠다."

다소 상투적인 말로 날 웃겨 주시는 엄마. 엄마와 단둘이 저녁밥을 먹는 일도 오랜만이다. 엄마는 늘 바빠 요리를 할 시간이 없다. 마트에서 사온 인스턴트 반찬으로 단출한 식사조차 함께하기 어려운 게 우리 모녀이니 요리라는 걸 할 시간이 있을 턱이 없다. 된장찌개가 올라온 일상적인 식사가 간만이라는 걸 엄마도 느끼는지 생색을 내고 싶어 했다. 자꾸 말을 시키고 밥과 반찬에 대해 설명했다. 오늘은 찌개뿐만 아니라 웬 굴비 한 마리도 식탁 위에 올라왔다. 가히 칭찬 받을 만하다.

"맛있다."

내 말에 힘을 얻었는지 저녁 식탁을 채 치우기도 전에 엄마는 냉장고에서 수박을 한 통 꺼냈다. 때 지난 수박이 애처롭게 느껴졌다. 그동안 아빠 없이 단둘이 지내느라 수박 한 통도 사 먹지 못한 까닭이었다.

"이걸 다 어쩌려고? 반 통만 사지."

반 통이었다면 몇 번에 나눠서라도 둘이 다 먹을 수 있을 테고 마트 주차장까지 들고 오기도 수월했을 테지만, 엄마는 굳이 한

통을 고집했다. 온전한 한 통의 수박을 아빠의 손에 들려 사 온 뒤에 온 가족이 둘러앉아 먹기 위해 엄마는 주말을 기다렸다. 물론 아빠의 비협조로 이루어진 적은 한번도 없었다. 늘 싸움으로 끝나는 가족 나들이는 엄마의 바람대로 '집에 오는 길에 수박 한 통 사 오기'를 실현할 수 없었던 것이다. 나는 엄마가 기다리고 기다리다가 지쳐 스스로 수박을 사 왔음을 알았다. 문득 고양이의 존재가 떠올랐다. 엄마는 어렴풋이 아빠의 고양이에 대해 눈치챘는지도 모른다. 그래서 아빠가 내는 짜증을 다 받아주고 모든 걸 포기했는지도 모른다.

쩍.

수박은 빨간 속을 드러내며 갈라졌다. 달콤한 냄새가 올라왔고 씨가 별로 없었다.

"이런 좋은 걸. 계속 못 먹고."

엄마는 혼잣말을 하며 사각사각 수박을 잘랐다. 반쪽은 그대로 다시 랩을 둘러 냉장고에 넣었고 반의 반쪽은 네모나게 조각내어 잘라 밀폐용기에 담았다. 우리는 가만히 앉아서 나머지를 해치웠다. 나에게 있어선 다행이었다. 수박이라도 밀어 넣지 않으면 다 말해 버릴 것 같았다. 아빠와 고양이, 그리고 고양이의 전화번호.

배가 빵빵하게 부풀어 올랐다. 괴로웠다. 배에 구멍이라도 내서 터뜨리고 싶은 욕구가 치밀었다. 그렇지만 남기는 건 상상도 할 수 없었다. 남은 걸 처리하는 엄마의 뒷모습을 보고 싶지 않았다.
"어휴, 다 못 먹겠다. 그만 먹자."
먼저 손을 든 건 엄마였다.
"먹어. 쓰레기만 늘잖아!"
나는 괜히 엄마에게 짜증을 냈다. 모든 게 다 짜증이 났다. 엄마가 바보 같았다. 나도 바보 같았다. 바보 엄마는 두말없이 남은 수박을 뱃속이 아니라 쓰레기 봉지 안에 밀어 넣었다.
방에 들어와 방문을 꽝 닫았다. 엄마는 설거지를 하느라 달그락달그락 쏴쏴 시끄러웠다. 나는 휴대폰에서 고양이 번호를 찾았다. 그저 보는 것만으로도 심장이 쿵쿵 뛰었는데 지금은 화가 나서 그런지 아무렇지도 않았다. 통화버튼을 꾹 눌렀다.
따르르르. 따르르르.
컬러링도 없이 무료한 신호음이 계속됐다. 신호가 가다가 '뚜둑' 하는 소리가 작게 난 것 같았다. 나는 얼른 전화기를 귀에서 떼고 폴더를 닫았다. 누가 받은 것인지 아니면 그냥 작은 잡음이었는지는 알 수 없었다. 분명한 것은 내 번호가 상대 전화에 남았으리란 것이고 그것만으로도 뭔가 해낸 기분이었다.

전화가 온 건 다음 날 아침이었다. 학교를 가려고 집을 나서 편의점 앞에 다다랐을 때 전화벨이 울렸다.

"여보세요? 어제 전화 거셨죠?"

"예? 아닌데요?"

순간 나는 잘못 걸린 전화라고 생각했다. 전화를 건 쪽이 젊은 남자였던 것이다.

"장준수 아저씨 아시는 분 아니에요?"

남자는 똑똑히 우리 아빠 이름을 말했다. 나는 이 상황이 어떤 상황인지 해석할 수 없어 멍청하게 대답할 수밖에 없었다.

"예? 우리 아빤데요······."

"그렇죠? 번호 뒷자리가 같더라고요. 어제는 제가 저녁 먹자마자 뻗어서요. 헤헤."

남자가 천진난만하게 웃었다. 아무래도 내 또래거나 고등학생 쯤인 것 같았다. 그것 말고는 아무것도 모르겠다. 아무것도.

"그런데 누구세요?"

"저는······ 음, 뭐라고 해야 할까? 아저씨 친구예요."

"그럼 고양이?"

"고양이? 맞아요. 고양이 때문에 만났죠!"

그랬다. 이 남자가 고양이인 것이다. 소리 없는 웃음이 나왔다. 다 웃고 나니 전화는 이미 끊어져 있었고 나는 길거리에 넋을 놓고 서 있었다. 이건 뭐랄까? 참 이상하다고 할까, 뭔가 복잡하다고 할까? 우리 아빠가 바람이 난 상대가 ······남자라니? 내 15년

약간 넘은 생애 중에 가장 사건다운 사건이다.
으악!
뒤늦게 비명이 터져 나왔다.

9. 나는 엘리다

"고양이는 열여덟 살이었어. 게다가 남자! 코에 점이 있는 고양이를 기른대."

만약 엘리가 내 곁에 있다면 나는 그렇게 말했을 것이다. 불과 몇 개월 전까지만 해도 나는 친구에게 수다를 떨 필요가 없을 만큼 지루한 삶을 살았다. 하지만 엘리가 사라진 직후 도미노게임이라도 되듯 하나씩 쓰러졌다. 평범한 줄 알았던 삶이 그저 겨우 균형을 잡으며 서 있었던 것이다. 하나가 쓰러지자 연달아 사건이 일어났다.

그 남자애는 기르던 고양이를 잃어버렸고 우리 아빠는 우연히 그 고양이를 찾아주었다. 고양이 코에는 점이 있다.

내가 아는 사실은 거기까지였다. 전화를 다시 건 남자아이는 학교에 늦었다며 황급히 전화를 끊어 버렸다. 그 뒤로 그 애 전화기는 계속 꺼져 있었다.

많은 상상은 하지 않기로 했다. 현실을 뛰어넘은 억측이 될 수도 있으므로.

아빠가 누구랑 사귀든 내가 상관할 바는 아니었다. 설사 남자를 사랑한다고 할지라도, 그것도 한참 어린 남자를.

나는 괜찮다.

다 괜찮다. 괜찮다. 괜찮다.

"아씨, 짜증나!"

휴대폰을 집어던졌다. 휴대폰은 내가 무심결에 조준한 대로 침대에 안전하게 착지했다. 산 지 얼마 안 되는 신형 휴대폰이다. 내 의식은 이 와중에도 그걸 기억하고 있었다.

그 남자애는 언젠가 또 전화를 걸 게 분명하다. 학교에 있는 동안 전화가 걸려 오리라는 생각은 안 했지만 주머니에 들어 있는 휴대폰의 존재감이 뚜렷이 느껴졌다. 때때로 진동이 느껴지는 것 같아 살며시 꺼내 보기도 했다. 그런데 매정한 휴대폰은 한 번도 울리지 않았다. 집에 와서도 마찬가지였다.

기다리다 지친 나는 충동적으로 문자 메시지를 썼다.

재수 없어

보내는 사람 번호는 '000' 이라고 넣고 고양이에게 전송했다. 그 녀석 전화는 아직도 꺼져 있었다. 문자를 언제 받아 볼지는 알 수 없지만, 본다면 내가 보낸 것임을 직감적으로 알리라.
나는 휴대폰을 눈에 안 띄는 곳으로 치우고 컴퓨터를 켰다. 만사 잊고 시간 보내는 데는 컴퓨터만큼 좋은 게 없다.
메일 : 0
쪽지 : 0
새 편지가 하나도 없었다. 이상한 일이다. 늘 스팸 메일이나 가입된 사이트에서 정기적으로 오는 메일로 열 통은 채웠는데 말이다. '새로고침'을 누르다가 멈칫 했다. 이건 내 편지함이 아니었다. 엘리의 것이었다.
나도 모르는 사이에 또 엘리 아이디로 로그인을 한 모양이다. 이제는 내 아이디보다 엘리 아이디가 더 손에 익었다. 로그인을 한 김에 당연한 수순처럼 카페를 클릭했다. 그리고 엘리 이름으로 올린 글을 확인하는 순간 하마터면 나는 까무러칠 뻔했다.
"아싸!"
내 비장의 글 '팔뚝 살 빼는 법'이 조회수 1로 올라가 있었다. 누군가 읽었다. 엘리라면 이 아이디로 로그인을 해서 읽었을 테니 조회수가 올라갈 리 없다. 두드리다가 분명하다.

두드리다가 글을 읽는다는 건 이 카페가 그저 죽어 있는 곳이 아니란 뜻이다. 나는 엘리가 나에게 부탁한 것에 대해 생각했다. 회원 수가 하나밖에 없는 이 카페를 꾸미고 글을 올리면서 엘리는 무슨 생각을 했을까? 나처럼 조회수 1을 올리기 위해 정성스레 글을 썼던 엘리. 엘리스 월드는 이름 그대로 엘리에게 가장 소중한 장소가 아닐까?

나는 내가 가지고 있는 다이어트 지식을 총동원하여 글을 두 개나 더 올렸다. 그리고 다이어트만으로는 부족하다는 생각이 들어 '날라리'라는 단어로 검색을 해 보았다.

날라리가 되려면 어떻게 해야 하나요?

날라리 되는 법 알려주세요.

훌륭한 날라리가 되고 싶어요.

와, 의외로 엘리 같은 애들이 많았다. 게다가 여러 글을 읽다 보니 날라리라는 게 꼭 놀고 싸움질이나 하려고 하는 게 아니었다. 뭔가 있어 보이기 위해 멋을 추구하지만, 남을 신경 써서가 아니라 스스로 자신감을 갖기 위해 하는 일이다. 자유로운 영혼. 남들에게 억눌리지 않는 새. 날라리가 되려는 아이들 중 많은 아이들이 그런 걸 꿈꿨다. 아마 엘리도 그랬을 것 같다. 진정한 날라리가 무엇일까 고민하던 엘리는 그런 날라리가 되고 싶었던 것이다.

　나는 날라리가 되고 싶어 하는 아이들의 질문에 일일이 다 답을 달았다. 엘리의 카페 '엘리's world'의 주소를 적고 함께 고민해 보자는 내용을 적었다. 처음에는 홍보를 하기 위해 적던 것이 글을 읽어 나갈수록 진심이 되었다. 인터넷에서 나는 수많은 엘리를 보았다. 새로운 발견이었다. 콜롬버스가 신대륙을 발견했을 때 이러했을까? 나는 엘리들을 엘리 세상에 모으고 싶었다. 그들이 소통하는 공동체를 만들고 싶었다.

안녕하세요? 제 소개! 등업 해주세요.

　새 회원의 첫 글을 보았을 때, 나는 감동하지 않을 수 없었다. 고양이든 혜나든 다 잊게 만드는 감동이었다. 이제 두드리다와 나 말고도 새 회원이 생긴 것이다. 새 회원은 역시 중학생이었고, 다이어트에 관심이 많다고 했다. 비록 50킬로도 안 되는 아이였지만, 같은 분야에 흥미가 있다는 게 내 마음을 끌었다. 학교에서는 모든 아이들이 나와 다르다고만 생각하고 멀리했는데, 온라인이라는 공간에서 만나는 내 또래 아이는 친밀했다. 실제로 만나면 이 아이 역시 우리 반 아이들과 다를 바가 없겠지만, 그것도 매력

적이었다. 서로를 알면서 동시에 모르는 채로 우리는 친구가 될 수 있는 것이다.

네! 등업해드렸습니다. 많은 활동 부탁드립니다~

온라인에서의 나는 다른 아이들처럼 명랑하게 말할 수 있었다. 굳이 주저리주저리 내 기분을 설명하지 않아도 문장기호나 이모티콘 몇 개만으로도 충분했다. 정말 마음에 든다. 이 세상. 엘리 세상은.

회원 수는 점점 늘어만 갔다. 굳이 정보를 긁어와 올리지 않아도 아이들은 앞다투어 글을 올렸다. 이제 나는 카페 관리만 하면 됐다. 올라온 글에 가끔 댓글을 달아 주고 등급 조정만 해 주면 다들 좋아했다. 나는 조회수에 신경 쓰지 않는 대신 나날이 늘어가는 회원 수를 보며 만족했다.

며칠 뒤, 누군가 글을 올렸다.

엘리님, 고민상담? 질문? 그런 방을 만들면 어떨까요?
엘리님의 노하우를 알고 싶어용~

노하우? 당황스러웠다. 고민 많은 열등감 덩어리인 내가 남 고민을 상담할 만한 자격이 될까? 게다가 나는 날라리에 대한 뜻도 이제 안 초보인데. 카페에 가입하는 애들은 내가 대왕 날라리쯤 되는 줄 아나 보다. 그 누군가가 올린 글에 모두 찬성했으니 말이다. 고민상담을 해 달라는 말은 오히려 내게 고민을 안겨 주는 것인데.

나는 고민을 학교에까지 껴안고 갔다. 사실 요즘은 늘 카페 생각뿐이었다. 학교는 내게 아무 의미도 없는 공간이었다. 공부를 잘하는 것도 아니요, 친구가 있는 것도 아니니 더 무엇을 바랄까. 반면 카페에서는 모두 끊임없이 나를 찾았다. 젖 달라고 엄마를 보채며 머리부터 배 밑으로 쑤셔 넣는 아기 돼지들 같았다. '엘리님, 등업해 주세요'부터 '엘리님, 오늘은 머리 염색했어요' 같은 사소한 일상까지 모두 나에게 남기는 글이었다. 나는 내 정체를 들키지 않기 위해 일부러 짧게 댓글을 달았다. '등업해 드렸습니다', '정말요? 예쁘겠네요' 그런데 질문에 대답을 해 주고 상담을 해 주라니. 너무 위험한 일이다. 그건 진짜 거짓말처럼 느껴진다.

"작은 새, 뭐 해?"

고민에 휩싸인 내게 혜나가 유독 다정하게 말을 붙였다. 이럴 때는 경계하는 게 상책이다.

"어. 그냥."

나는 졸린 듯 하품을 하며 책상 위에 엎드렸다. 점심을 먹고 난 직후라 실제로 졸리기도 했다. 혜나가 집요하게 내 팔 사이로 고운 얼굴을 들이밀었다.

"있잖아, 은새야. 석민이 전화번호 좀 알려 줘."

으악, 그건 정말 싫다.

"싫어!"

나도 모르게 크게 말해 버렸다. 혜나 눈이 동그래졌다. 그리고 점점 커졌다. 흰자위가 검은 자위보다 훨씬 넓어져서 기괴해 보였다. 혜나가 내 귓가로 바싹 다가왔다.

"이게 어디서 대들어? 죽을래?"

작은 목소리였지만, 소름끼치도록 무서운 목소리였다. 정말 날 죽일 것 같았다. 나는 내가 떨고 있다는 걸 들키지 않기 위해 벌떡 일어서 복도로 나왔다. 그런데 내 판단은 크게 잘못된 것이었다.

"은새야, 같이 가!"

혜나가 따라 나오더니 내 팔짱을 꼈다. 정말, 정말, 정말, 정말 싫다. 마음 같아서는 혜나를 확 밀어젖히고 싶다.

"우리 뒤 운동장으로 산책 가자."

혜나는 내 의견도 묻지 않고 나를 잡아끌었다. 보기에는 안 그래도 힘이 엄청 셌다. 뼈만 남은 게 딱 달라붙으니 살이 아파 왔다. 억지로 안 가겠다고 버텨 볼 수도 있겠지만, 그러면 아이들이 이상한 눈으로 바라볼 것이다. 다른 애들은 내가 혜나와 꽤 친해진 줄 안다. 혜나를 밀치거나 거부하는 순간 나는 집단 구타라도 당할 처지인 것이다. 가식덩어리. 여우 계집애.

나는 질질 끌려가다시피 해서 뒤 운동장까지 갔다. 내가 걸음을 멈출 때마다 혜나가 내 팔을 꽉 잡았고, 기계적으로 발을 움직였다. 따라가면 무슨 일이 벌어질지 알지만 나는 혜나를 따를 수밖에 없었다. 언젠가 보았던 흰쥐 실험이 생각났다. 버튼을 누를 때마다 먹이가 나오지만, 대신 전기충격이 가해지는 실험. 전기 충격에도 불구하고 쥐들은 먹이를 위해 어쩔 수 없이 버튼을 눌렀다. 나는 벌에 대한 보상이 없는데도 혜나를 따라가고 있으니 쥐보다 더 불쌍한 동물인가.

뒤 운동장에는 아무도 없었다. 버리려고 쌓아 둔 걸로 보이는 고장 난 의자만 있었다. 점심시간마다 뒤 운동장을 차지하던 날라리들은 오늘 죄다 학생주임 앞에 집합이었다. 기강을 잡으려는 것인지 요새는 거의 날마다 그랬다. 나는 그 애들이라도 있어서 혜나를 말려 주길 내심 바라고 있었으므로 꽤 실망했다.

혜나가 내 어깨를 꽉 잡고 짓눌렀다.

"야…… 왜 그래?"

"너 내가 그렇게 우습니?"

"아, 아니."

"내가 조심하라고 했지? 난 너랑 잘 지내고 싶은데?"

왜 이 예쁜 애는 나를 괴롭힐까? 자기보다 못생기고 뚱뚱하고 공부조차 못하는 나를. 시기할 구석이 조금도 없는 나인데. 괜히 눈물이 차올랐다. 울어 버리면 끝장이라는 건 잘 안다. 마녀, 말미잘, 똥개, 나쁜 년! 내 속에서는 욕 같지도 않은 욕이 차올랐다. 차고 넘쳐서 머릿속을 빙빙 맴돌았다. 울든가 욕을 하든가 둘 중 하나였다.

"몰라서 물어?"

"저, 정말 몰라."

"제발 날 좀 내버려둬!"

뜻밖의 말이었다. 그 말을 할 사람은 바로 나다. 내가 의아한 얼굴로 바라보자 혜나가 입술을 달싹였다. 혜나 눈에 눈물방울이 맺힌 것 같다. 착각인가? 혜나가 막 이야기하려던 찰나, 뭔가 떨어지는 소리가 들렸다. 잘 쌓아 놓은 의자 탑이 조금 비틀어져 있었다. 혜나가 그쪽을 쏘아봤다.

"누구야?"

"어, 장은새. 있잖아……."

의자 더미 뒤에서 석민이가 나왔다. 큰 덩치로 거기 숨어 있었던 건가? 설마 나를 구하러 뛰어온 건 아니겠지? 석민이가 우리에게로 느릿느릿 다가왔다.

"어머, 안녕? 은새랑 장난 삼아서……."

혜나는 다시 착한 혜나로 돌아와 웃음 지었다. 석민이는 혜나 쪽은 안 보고 내게 말했다.

"저기…… 우리 엄마가 너한테 뭐 좀 주라고……."

평소 석민이답지 않게 뜸을 들였다. 석민이 이미지대로라면 혜나에게 소리라도 버럭 질렀어야 맞다. 거기 지금 뭐하는 거야! 우리 학교 1학년이 옆 학교 양아치들에게 당하고 있을 때 그랬다는 것처럼 말이다. 공중을 붕 날아 한 번에 세 명을 격파했다는 건 좀 과장된 소문일 테지만, 적어도 우리 반 여자애들은 다 믿었다. 늠름하고 멋지지만 귀여운 남자애. 별로인 애가 여자친구가 없다고 하면 '그러면 그렇지'가 되지만, 석민이가 여자친구가 없는 건 눈이 높은 게 된다.

나는 소문처럼 나를 구하러 씩씩하게 달려오는 대신 쭈뼛쭈뼛 다가오는 석민이를 바라봤다. 번지르르한 겉모습 속에서 초등학교 때 봤던 키 작고 지질한 그 애가 보였다. 사라진 줄 알았던 그때의 겁쟁이가 석민이 눈 속에 아직 살아 있었다.

"그럼 나는 들어가 봐야겠다."

다행히 혜나가 교실에 들어간다며 물러섰다. 휴. 다행이다. 혜나가 사라지고 나서야 나는 교복 치마에 묻은 흙을 털면서 일어났다. 어찌 되었든 석민이가 나를 구했다는 사실이 조금 감격스러웠다.

"저기, 그게 뭔데?"

혜나가 간 쪽을 물끄러미 바라보던 석민이가 내 말에 깜짝 놀랐다.

"응? 뭐?"

"아줌마가 뭐 주신다며……."

"아, 그거…… 그게 아니라……."

석민이는 이번에도 뜸을 들였다. 나는 문득 옛날에 석민이가 나를 아줌마라고 부르며 따라와 말을 걸었던 작년 그 날이 생각났다. 왠지는 모르지만 그날과 오늘이 비슷하다는 생각이 들었다.

"혹시 작년에 나한테 뭐 말하려고 했던 거……."

"작년에? 내가 언제?"

아, 석민이는 그날 일을 까맣게 잊고 있었다. 조금 섭섭한 마음이 들었다. 마치 기념일처럼 그날을 소중히 떠올리던 내가 한심했다.

"그럼 뭔데?"

"뭐 주려는 게 아니라……. 어휴, 너 왜 개랑 노냐?"

"뭐?"

순간 난 엘리를 말하는 줄 알았다. 지금 내 친구는 엘리 밖에 없으니까. 석민이가 엘리에 대해 알다니 뜻밖이었다.

123

"니 짝 말이야. 지금도 둘이……. 나 너네 얘기도 다 들었어."

내가 가만히 있자 석민이가 덧붙였다. 조금 전까지 보였던 약한 모습은 온데간데없고 평소 석민이 모습으로 돌아가 있었다. 폼이란 폼은 다 잡고 나에게 훈계조로 말했다.

"걔 보이는 거랑은 다른 애야. 좀 가식적이라고 해야 하나. 여하튼, 절대로 놀지 마. 걔가 너 좋아해서 같이 다니는 게 아니거든. 나중에 후회할 거야. 너는 둔해서 모르겠지만……."

둔하다고? 다른 말은 귀에 안 들어오고 그 말만 들렸다. 석민이도 나를 무시하고 있었던 것이다. 내가 좋아하는 석민이한테까지 이런 말을 듣다니 자존심이 상했다. 게다가 내가 무릎을 꿇고 있는 걸 봤으면서도 왜 내가 혜나랑 친하게 지내고 싶어 한다고 생각하는 걸까? 내가 그 멍청한 혜나 추종자들 무리랑 같다고 생각하는 건가? 억울한 생각은 쏟아져 나오는데 그게 말이 되어 나오지는 않았다. 석민이 앞에서는 차마 입이 떨어지지 않았.

때마침 예비 종이 쳤다. 5분만 있으면 수업이 시작될 것이다.

"나 들어갈게."

석민이가 뭐라고 하려는 걸 놔두고 뒤돌아 뛰었다. 더 듣고 싶지 않았다. 석민이가 혜나를 가식적이라고 했다고 해서 나를 둔하다고 생각한 걸 용서할 수 없다. 다른 남자애들이 그러하듯이 석민이도 나를 곰이나 돼지로 보고 있던 게 분명하다.

굳이 나를 원하지 않는 사람들에게 억지로 끼여 있고 싶은 생각은 없다. 나는 나를 원하는 사람들에게로 가야 한다. 내 진가를 알아주는 사람들에게로.

〈엘리의 고민상담소〉

고민상담 게시판 만들었어여~~

날라리에 대해 궁금한 점, 고민, 다 좋아요.

많이 이용해 주세요~

10. 엘리, 남자 친구를 사귀다

무조건 세게 나가야 돼요.

옷도 세련되게 입는 게 중요하고요. 유행 뒤쳐지면 절대 안 돼요.

말도 세게 하세요. 남 눈길 신경 쓰지 말고 목소리 크게!

그렇다고 넘 산만하게 굴면 안 되고요.

전에 따돌렸던 애들이 달라진 님 모습 보고 좀 느끼는 게 있을 거예요.

님이 좀 잘 나가 보인다? 싶으면 붙는 애들도 있을 거고,

대우가 달라진다고 할까?

다행히 님은 키가 크시니까 웬만한 옷 잘 어울리시거든요.

새 학기 이거 이거 중요하니까, 첫날부터 강한 인상. 콱!

아셨죠? 파이팅!

나는 순식간에 글을 쓰고 확인 버튼을 눌렀다. 어제 올라온 고민에 대한 답이었다. 이 글의 주인공은 따돌림을 당해서 날라리가 되고 싶다는 초등학생이었다. 얼마나 괴롭힘을 당했으면 날라리가 되고 싶다고 할까 측은해함과 동시에 나는 답을 써내려가고 있었다. 이제 나는 문제만 봐도 답이 금방 떠오를 정도로 도사가 되었다. 그동안 수없이 많은 시간을 인터넷 서핑에 투자한 덕택이랄까.

다음 고민은 명품가방을 사고 싶은데 뭐가 좋은지 모르겠고 돈도 별로 없다는 글이었다.

우리 엄마는 명품 가방을 자주 사는데, 그게 또 엄마 딴에는 다 이유가 있는 거란다. 엄마는 '디자이너 선생님'이 그런 가방을 안 들면 호칭에서 선생님이라는 말이 빠지는 게 사회라고 누누이 말한다.

어머, 아직 학생이면 명품 사기 좀 벅찰 거예요.

동대문이나 남대문 가면 이미테이션,

흔히 우리가 말하는 짝퉁이 널렸거든요.

근데 여기서도 잘 알아야 할 게,

이게 또 a급, b급이 있어요.

에이급 중에서는 진짜 비싼 것도 있거든요.

거의 진짜랑 비슷함.

싸구려는 들어 봤자 사람들한테 먹어 주지도 않으니까

금물!

차라리 엄마한테 빌리든가,

아예 명품보다 아래 브랜드로 사세요.

요즘 쇼핑몰에서 파는 일본구제도 괜찮고요.

가장 중요한 건 내 눈에 예뻐야 한다는 것!

자신감과 센스 있는 코디로 평범한 가방을

명품 가방으로 만드세요!

나한테 이런 재주가 있을 줄이야. 잘 알지도 못하면서 글은 또 그럴듯하게 쓴다. 누가 알겠는가, 얼마 전까지만 해도 명품 이미테이션이 있다는 사실도 몰랐던 중학생이라는 것을.

좋아하는 남자애한테 고백 성공하는 방법!

거창한 건 아니지만, 고민상담이 들어왔으니 써 볼게요.

짝사랑 성공하는 법.

음, 제 경험에 비추어 볼 때,

남자애들은 자신감 있는 여자를 좋아해요.

살아가면서 필요하고

우리 진정한 날라리들에게는 필수사항이

이 자신감 아닐까요?

무조건 그 남자가 나를 좋아해 주길 바라지 말고,

먼저 자신감을 가지고 자신을 가꾸고 당당해지세요.

그러고 나서 고백을 하면 80퍼센트 정도는 성공입니다.

거절당하는 게 두렵다고요?

에이, 그건 진짜 자신감 있는 게 아니죠.

거절당하면 그냥 깨끗이 인정하고 물러나시면 돼요.

내 가치를 알아주지 않는 사람하고 사귀어서

뭐하겠어요?

걔가 눈이 삔 거죠. 안 그래요? ㅎ

- 엘리님, 넘 멋져요. 님 좀 짱인듯.

- 나도 얼른 엘리님처럼 됐으면 좋겠어요.

- 진짜 넘 부럽당. 아는 거 넘 많아요.

- 난 고딩인데도 하나도 모름. ㅠ_ㅠ

어느새 아이들은 내가 글을 하나만 올려도 나를 칭송하기 바빴다. 내가 기역을 니은이라고 해도 다 따를 분위기였다. 어느새 카페 회원수는 300명을 넘어서고 있었고, 끼리끼리 입소문이 난 건지 끊임없이 회원이 가입했다. 거의 다 여자였고, 간혹 남자도 있었다. 초등학생부터 고등학생까지 연령도 다양했다. 나는 진짜 세상을 지배하는 왕이라도 된 기분이었다. 사이비종교 교주가 왜 그렇게 신도들을 휘두르며 군림하는지 알 것 같았다.

나는 모두의 열광에 보답이라도 하듯 게시판을 늘려 가고 카페를 예쁘게 꾸미는 데 긴 시간을 보냈다. 얼마 전에는 회원들끼리 친목도모를 위해 자기소개 게시판도 만들었다. 다들 얼굴도 모르는 상대가 궁금했는지 의외로 열심이었다. 사진을 올리는 애들도 많았고, 특히 활동을 많이 하는 회원이 올린 소개는 높은 조회수를 올렸다. 물론 모두가 가장 궁금해하는 사람은 나였다. 엘리스 월드의 주인공, 나, 엘리 말이다.

이름 : 엘리

나이 : 16세 (중3)

키 : 167 (좀 작죠;)

무게 : 45킬로 (부끄부끄)

장점 : 착해 보인다.

단점 : 수다스럽다.

취미 : 우리 강아지 쭈쭈 괴롭히기

특기 : 남친한테 애교떨기

좋아하는 색 : 핑크

엘리스 월드! 영원하라~

내 프로필이지만, 참 뿌듯하다. 귀엽고 깜찍하고 발랄하다. 다만 조금, 아주 조금 걸리는 게 있다면 나와 거리가 먼 프로필이라는 점이다. 오히려 혜나와 많이 닮아 있었다. 사실 나도 모르게 혜나를 떠올리며 썼다. 연예인을 빼고 내가 알고 있는 가장 예쁜 애는 혜나다. 카페 주인장 엘리는 당연히 혜나만큼 예쁘고 깜찍한 아이여야 한다. 그 지독한 성격만 빼고 말이다. 나는 최대한 고개를 숙여 턱이 안 나오게 각도를 조절했다. 몇 번의 실패 끝에 제법 잘 나온 눈만 큰 사진을 포토샵 프로그램으로 환하게 만들었다. 내가 봐도 귀엽다. 사진 각도의 승리! 포토샵의 마법!

게시물은 최고 조회수를 기록했다. 당연히 사람들은 내 사진을 보고 좋아했다. 내가 상상 그대로 귀엽게 생겼다느니, 연예인을 해도 될 거 같다느니 야단법석이었다.

- 쭈쭈? 와, 강아지 길러요? 좋겠다.

- 울 집은 허락 안 해 줘요. 잉잉.

우리 엄마도 허락 안 해 준다. 내 방도 안 치우면서 뭔 강아지냐며. 우리 집에 사람 말고 또 생명체가 있다면, 기껏해야 쌀벌레 정도?

아이들은 내 키, 내 몸무게, 내가 좋아하는 색까지 다 관심을 가졌다. 하지만 뭐니 뭐니 해도 폭발적인 반응이 나온 건 내 남자 친구였다. 아이들은 내 남자 친구에 대해 알고 싶어 했다. 어떤 애는 내가 강남에 있는 고등학교에 다니는 어떤 얼짱과 사귄다고 떠들어 댔고, 어떤 애는 내가 대학생과 사귈 거라고 했다. 뭐, 혜나 정도 프로필이라면 그럴 법도 하다.

지레짐작으로 올린 애들 글을 종합해 보면, 나는 키가 180이 넘는 잘생긴 오빠와 사귀는데, 그 오빠는 공부도 1등에다가 싸움도 잘하고 운동도 잘한다. 대학교는 수시 전형으로 합격해 둔 상태고 집안도 부유하다. 연예기획사에서 길거리 캐스팅도 여러 번 당했다.

그런데요, 엘리님, 남친 처음에 어떻게 만났어요?

기대를 하면 부응해 줘야 마땅하다. 집 나간 엘리도, 인터넷 속 엘리도, 그리고 나 엘리도 그걸 원한다. 원할 것이다.

내 남자 친구를 소개합니다~~

우리 남친은 엄마 친구 아들이에요

잘나서 엄마 친구 아들이 아니라 진짜 엄마 친구 아들ㅋ

사실.. 울 엄마가 의상 디자이너거든요.

울 남친 엄마는 그 브랜드 매장 사장님임.

우리는 처음 보자마자 뿅! 반했어요

우리 남친 말로는 진짜 머리가 찌릿찌릿했다고~

우리는 학원도 같이 다니고

학교 다닐 때도 꼭 같이 다녀요.

옆 반이기는 한데, 쉬는 시간에는 자주 못 본다는;

남친 은근 부끄러워해요. ^_^*

그래도 인기짱이라서 딴 여자애들이 눈독 장난 아님;;;

가끔 모르는 여자애들이 저한테 말 걸어서

진짜 둘이 사귀냐고 막 물어봐요.

좀 짱나긴 한데 제 컨셉이 친절한 엘리씨라성^^;;

다 대답해 줌. 켁;

뭐, 이 중 50퍼센트는 진실이니까 난 찔리지 않는다. 정말이다. 게다가 100퍼센트 거짓말이라고 해도 누가 알겠는가. 애들이 짐작한 대로 공부도 잘하고 잘생긴 예비 대학생 오빠라고 안 한 게 어디야? 이건 내가 아니라 또 다른 나인 엘리에 대한 이야기일 뿐이라고.

나는 회원들의 반응을 보기 위해 수시로 카페를 들락거렸다. 역시 모두 나를 부러워했다. 존경한다는 반응이 나오기까지 했다. 다들 나한테만큼이나 내 남자친구에 대해서도 궁금해했다.

모두 나를 부러워하다니. 꿈만 같아 믿어지지 않는다. 자다가도 생각이 나 키득키득 웃음을 터뜨렸다. 그러다가 정신을 차려 보면 어느새 나는 컴퓨터 앞에 앉아 있었다.

나도 안다. 이건 중독이다. 몽롱한 상태로 컴퓨터를 켰다가 댓글만 확인하고 끌 때는 '내가 뭐 하는 짓인가' 싶다. 하지만 수많은 댓글에서 큰 힘을 얻는 건 사실이었다. 지루하기만 한 현실보다 가만히 앉아서 마우스를 딸깍거리고 키보드만 두드리는 그 세계가 훨씬 값졌다. 시간낭비라고? 아니. 만약 이게 진짜고 오프라인이 가짜라면 어떨까? 멍하니 학교에 앉아 있는 것보다 즐겁게 소통하는 게 시간을 더 잘 쓰는 게 아닐까?

엘리, 삼각관계 되다!

엘리예요. ㅜ_ㅜ

어제는 울 남친이랑 하마터면 싸울 뻔했어요.

닭살커플이 무슨 싸움이냐고요? 헤헤.

아니 글쎄, 어떤 여우 같은 계집애가

울 남친을 좋아한다지 뭐예요?

진짜 성격 안 좋고, 무섭고. 이잉.

점심시간에 뒤 운동장으로 나오라고 하는데

진짜 무서웠음.

그래도 제가 가만히 있으면 안 되죠!

그래도 엘리스 월드 쥔장인데 당당해야지.

우리 남친 지키려고 딱 나갔죠, 음, 어떻게 보면 맞짱?

여하튼 나갔는데, 이 여우가 어찌나 째려보든지.

저도 막 같이 째려보궁.

걔가 막 달려들려는데,

짜잔 우리 남친 등장해서 외치는 말.

우리 엘리 건드리지 마!

아주 멋졌어요.♥_♥

상황 종료. 여우 깨갱. 저는 띠옹.

- 와 진짜 멋져요! 엘리님 부럽

- 그 여우 뭐냐? 재수 없네

- 엘리님, 잘하셨어요. 역시 날라리 정의는 승리합니다!

속이 다 시원했다. 나 대신 내 친구들이 혜나에게 복수한 것만 같아 마음이 한결 가벼워졌다. 이래서 드라마 속에서나 현실에서나 엄마들이 그렇게 수다를 떠는구나 싶었다.

어느 날, 자정쯤 자려고 누웠는데 또 카페 생각이 났다. 생각하면 할수록 엘리스 월드의 친구들이 뭘 하고 있을까 궁금해 미칠 것 같았다. 나는 내 욕망을 이기지 못하고 또 컴퓨터를 켜고 말았다. 어두운 방에 모니터 불빛이 퍼져 나갔다.

흐흑.

어디선가 울음소리가 새어 나온 건 그때였다. 어느 방향에서 들려오는지 알 수 없을 만큼 작은 소리였기에 처음에는 창 밖에서 나는 소리라고 생각했다.

흑흑.

울음이 격해지면서 나는 그게 우리 집에서 난다는 걸 깨달았다. 내가 아니니 남은 건 우리 엄마밖에 없다. 조심스레 거실로 나가 보니 부엌 쪽에서 불빛이 보였다. 식탁에 엄마가 엎드려 있다. 곁에는 와인병. 바보 같다. 청승맞게 뭐 하는 거지? 예쁘고 날씬하고 자기 일에서도 성공한 엄마 같은 사람이 왜 자신을 불행하게 만드는 거냐고?

 주먹이 바르르 떨렸다. 눈앞에 있는 보이지 않는 문을 부수고 싶다. 내 눈에는 나와 엄마 사이를 가로막고 있는 두껍고 높은 벽이 보였다. 나는 여기서 엄마를 볼 수 없고, 엄마도 나를 볼 수 없다. 같은 집에 있어도 아주 멀리 따로 떨어져 있는 것과 다를 바가 없다. 이러려면 왜 우리가 가족으로 묶여 있는 걸까?

 한참 뒤 울음소리가 잦아들자, 나는 방에 들어와 컴퓨터 모니터를 바라봤다. 아무리 내가 온라인에 있는 새로운 세상을 좋아하고 잘 적응한다고 해서 현실이 날 놓아주는 건 아니었다. 그렇다고 마냥 행복하게 해 주는 것도 아니면서. 쳇, 냉정한 현실이여.

11. 확, **여우목도리를** 만들어 버려

"야, 야."

누군가 부르며 쫓아왔다. 운동장 한복판 내 그림자 위에 키가 껑충 큰 그림자가 겹쳐졌다. 겨울이 가까워 오자 해가 부쩍 짧아졌다. 벌써 노을이 지고 있었다.

데자뷰? 작년 그날과 무척 비슷한 상황이다. 누군가 나를 쫓아오는 건 흔한 일이 아니다. 나는 그 그림자가 그냥 내 그림자를 지나쳐 다른 사람에게 가리라 생각했다. 그러나 그림자는 정확히 내 곁에 멈춰 섰다. 이번에도 석민이였다.

"야, 장은새. 무슨 걸음이…… 그렇게 빠르냐……."

"왜?"

숨을 몰아쉬는 석민이를 보고 있노라니 이상한 기분이 들었다. 이 아이가 내가 좋아하는 석민이가 맞는지 의심스러웠다. 구겨진 교복과 땀에 젖은 머리카락이 그냥 평범한 남자아이들과 다를 게 없었다. 키가 커서 멋있다고 생각했는데 이제 보니 키만 멀대같이 크고 얼굴도 고운 게 연약해 보였다. 그럼에도 불구하고 운동을 잘하기에 인기가 있는 거겠지만, 내 눈에는 영 성에 차지 않았다. 엘리의 남자 친구는 이것보다 훨씬 멋있고 자상하다. 누구나 부러워하는 최고의 남자 친구란 말이다. 그에 비하면 현실의 석민이는 시시하게만 느껴졌다. 저번에 언뜻 보았던 지질한 겁쟁이 모습이 자꾸 겹쳐 보이는 것도 한몫했다.

멀뚱히 있던 석민이가 갑자기 소리를 질렀다.

"아, 맞다. 생각났다. 옛날에 학원 갔다 오다가!"

"응?"

"그때도 내가 너 쫓아갔잖아. 넌 막 도망가고."

"아."

"그때 왜 그랬냐?"

할 말이 없었다. 나도 왜 그랬는지 잘 모르겠으니.

"너는 왜 쫓아온 거였는데?"

"우리 엄마가 너랑 친하게 지내라고 그러잖아. 그래서 학원 숙제 빌리려고 했다. 왜?"

역시 그랬다. 그 일은 석민이에게 그다지 중요한 일이 아니었던 것이다. 나는 석민이에게 엄마 친구의 딸이었을 뿐이고 숙제를 위한 도구였을 뿐이었다. 그런 걸 나는 혼자 생각하고 또 생각했다. 끊임없이 리플레이시키며 행동 하나하나에 의미를 부여하고 얼굴을 붉혔다. 순간일지라도 사랑이 시작된 엄청난 날을 소녀가 추억하는 건 당연하다. 그런데 상대가 알아주지 않다니 슬픈 일이다.

"그런데 용건이 뭐야?"

방금 불쌍해졌던 걸 만회하려는 듯 내 목소리가 꽤 퉁명스러웠다. 나는 누가 뭐래도 20배 정도 미화된 석민이를 남자 친구로 가지고 있는 엘리니까 조금은 도도할 필요가 있다.

"용건? 뭐 용건까지야. 그냥 뭐 좀 물어보려고."

"뭐?"

"신혜나 말이야……."

또 혜나 이야기다. 혜나 이야기는 이제 지겹다. 학교에서 내 옆에 딱 붙어 있는 것도 무서운데 운동장에서까지 혜나 이야기를 들어야 하나?

"나 신혜나랑 친구 아니거든. 그러니까 그냥 놔둘래?"

석민이 입에서 또 내가 둔하다느니 하는 소리가 나올까 봐 두려웠다. 나는 충고 받을 일을 한 적이 없고, 누군가 충고를 들어야 한다면 그건 신혜다. 그 여우 계집애라고. 나는 석민이 대답을 듣지 않고 뒤돌아 걸음을 빨리했다.

"야, 같이 가."

석민이가 따라붙었다. 나는 걸음을 더 빨리했다. 그러자 석민이도 빨리 걸었다. 더. 더. 우리는 경보 시합이라도 하듯 집으로 질주했다. 누가 보면 아주 웃겼을 것이다. 엉덩이를 뒤뚱거리며 걷는 두 사람. 하지만 뛰기는 싫었다. 도망치는 것처럼 보이는 건 싫었다.

"헥헥."

내 입에서 거친 숨소리가 나왔다. 내 옆에서도 그 소리가 났다. 어느새 편의점 앞. 골목만 돌면 우리 집이다. 숨만 고르면 단숨에 뛰어 집으로 들어가야지.

"너, 아무것도 모르는 거야?"

뜬금없는 말에 나도 모르게 석민이를 바라봤다. 내가 모르는 게 뭔지 모르겠으니, 내가 그걸 아는 건지 모르는 건지도 모르겠다.

"뭘?"

"아니다. 그냥 조심하라고."

"그러니까 뭘?"

"다."

다? 물론 혜나는 요주 인물이긴 하지만, 나한테만 그럴 뿐 다른 사람들에게는 친절한 웃음을 짓는다. 석민이가 무슨 소리를 듣고 이러는지 궁금해졌다. 왜 다른 남자애들은 다 좋아하는 헤나를 경계해야 할 대상으로 지목하는 걸까?

"너······."

"미안."

석민이가 내 말을 도마뱀 꼬리 끊듯 잘라먹고 도망갔다. 거봐. 정말 뛰어가니까 도망가는 거 같잖아. 키가 껑충한 애가 뛰는 걸 보고 있노라니 전봇대가 멀어지는 것 같았다. 그런데 왜 미안하다고 한 걸까? 석민이가 미안하게 생각할 일은 하나도 없었다. 아, 하나 있다. 무슨 일이 벌어지는지 나한테 말해 주지 않는 것.

"어이, 김석민!"

멀리 농구공을 튕기며 지나가던 한 무리 남자애들이 석민이에게 모여드는 게 보였다. 석민이는 갑자기 어깨를 쭉 펴고 평소 모습처럼 거들먹거리며 농구공을 받았다. 순식간에 여느 때의 멋진 석민이로 돌아가 있었다.

하굣길 데이트!

오늘 집에 가는데 남친이 막 쫓아오지 뭐예요?

사실 제가 삐쳤거든요.

음, 왜냐면 전에 말한 삼각관계!

그 여우 이야기를 자꾸 해서;;

그래서 혼자 집에 가려는데

운동장까지 나와서 잡더라고요.

제가 퉁명스럽게 대하고 확 걸어가니까

우리 남친 집 앞까지 쫓아왔다는;

저는 막 도망가고, 남친은 쫓아오고.

무슨 영화 찍는 것도 아니고.

미안하다고 애교 부리는데,

어휴. 사실 마음 싹 풀렸는데 내색은 안 하고.

계속 팅기다가 사과 받아줬죠, 뭐.

애교 부리다가 부끄러운지 집에 갈 때

도망치듯 달려가더라고요.

아유, 귀여워요.

- 그 여우 계속 말썽이네ㅋ
- 그러게요. 확 없애 버릴 수도 없고
- 다 사랑싸움임ㅎㅎ
- 여우는 가죽을 벗겨서 목도리로 만들어야!

친구들의 응원에 힘이 났다. 이제는 혜나를 볼 때마다 여우 목도리 생각이 나서 입가로 피식피식 웃음이 새어 나왔다.
"뭐 좋은 일 있니?"
혜나가 경계하는 눈빛으로 바라봤지만, 당연히 사실대로 말할 수는 없었다. 혜나 머릿결은 약간 갈색이 돌았다. 염색을 한 것도 아닌데 꼭 외국인처럼 밝은 색 머리칼이 섞여 있었다. 햇빛에 반짝이기라도 하면 어쩔 때는 노랗게도 보였다. 꼭 진짜 여우털 같다.
머리를 박박 밀어서 목도리를 만들면 꽤 탐스러울 것이다.
"큭."
대머리 혜나를 상상하는 건 참을 수 없는 일이었다. 혜나가 득달같이 얼굴을 들이밀며 세모눈을 떴다.
"뭔데? 왜 웃어?"
"아니, 그냥."
막상 혜나 얼굴을 가까이에서 보니 다시 두려운 마음이 슬금슬금 들었다. 들키면 끝장이다. 아마 내가 붙잡혀 머리를 밀릴지도 모른다.
"그냥, 어제 티비에서 본 게 웃겨서."
"그래? 뭐가 웃겼는데? 나도 좀 같이 웃자."
머리를 굴려 어제 무슨 프로그램을 했는지 생각해 냈다. 내가 한 번도 보지 못한 오락 프로그램이었다. 아는 유행어가 하나도 없었다. 지어낼 수도 없고 난감한 일이다.

딩동댕동.

아름다운 해방의 수업 종소리. 다행이다.

"그렇게 나온다 이거지?"

혜나가 내 얼굴을 빤히 바라봤다. 역시 혜나를 속여 넘기기엔 역부족이다. 날카로운 눈빛에 내 얼굴이 뚫어지지는 않을까 걱정이 되었다.

"뭐가?"

"비웃은 거 모를 줄 알아?"

혜나를 만나고 나서 알게 된 일 하나, 나지막한 목소리가 쌍욕을 하는 것보다 더 무섭다는 것. 나는 어떤 표정을 지을지 고민하다가 바보 같은 얼굴을 하고 말았다. 혜나는 내 바보 같은 얼굴을 경멸하는 표정으로 속삭였다.

"오늘 짝 바꾸는 거 때문에 들뜬 거지? 그런데 어쩌나? 난 계속 너랑 앉을 건데."

난 몰랐다. 오늘 짝을 바꾸기로 한 걸. 그놈의 짝은 왜 이렇게 자주 바꾸는지 몰라. 물론 지금 내 상황으로는 달가운 일이지만.

담임은 선심 쓰는 표정으로 교실에 들어왔다. 등수대로 앉힐까 하다가 학생들의 인권과 자유를 존중해 주기 위해서 저번처럼 마음대로 앉게 하겠다고 했다. 우리 반 아이들은 처음으로 담임을 존경어린 눈빛으로 바라봤다. 담임이 노린 것도 바로 그런 눈빛이었을 거다. 실제로 우리 옆 반은 얼마 전에 등수대로 자리를 바꿔 난리가 났다. 키가 크고 공부도 못하는 석민이는 뒷자리에 앉는 걸 별로 개의치 않는 눈치였지만, 다른 아이들은 담임의 횡포라며 분하게 생각했다. 재미있는 것은 특히 상위권에 있는 아이들이 더 전의를 불태운다는 것이다. 상위권에 올라가 보지 못한 나로서는 이해가 되지 않는 일이지만 그게 그 아이들에게는 중요한 듯했다.

"자, 그럼 이번에는 이런 식으로 해 볼까?"

담임은 모든 아이들을 복도로 몰아낸 뒤에 한 명씩 불러들여 짝과 자리를 선택할 기회를 주었다. 그런데 그 불러들이는 순서라는 게 놀라웠다. 담임은 마구잡이로 부르는 거라고 해 놓고 저번 시험 성적 1등부터 차례대로 부르고 있었다.

"뭐야, 인권과 자유라며?"

아이들이 수군대기 시작했다. 아마 이 교실에서는 인권과 자유도 성적순인 모양이다. 늘 5등 안에는 드는 혜나가 불려 들어가자, 혜나 추종자들 눈동자가 심하게 떨렸다. 나는 머릿속에 든 뇌수가 진동하는 기분이었다. 보나마나 혜나는 또 나를 물고 늘어질 거다. 나는 처음으로 공부를 열심히 안 한 걸 후회했다.

"장은새. 서혜나 옆으로."

역시나 나는 혜나의 부름을 받았다. 교실에 들어가 보니 상위권

애들 몇이 자기끼리 앉아 있는 게 보였다. 성적순을 어기고 교실에 들어오게 된 축복받은 짝은 내가 처음이었다. 혜나는 1분단 맨 뒷자리에 있었다.

"어때? 자리 마음에 드니?"

맨 앞에 앉아 있을 때는 담임과 아이들의 시선이 나를 지켜 줬지만, 맨 뒷자리에서 그런 보호막을 기대하기란 어려웠다. 나보다 훨씬 잔머리 굴리는 데 뛰어난 혜나가 그걸 놓칠 리 없었다.

"당분간 우리 또 짝이네. 한번 잘 지내 보자."

혜나가 내 손을 덥석 잡았다. 주인보다 더 소스라치게 놀란 손이 바르르 떨었다.

여우목도리 백 개 만들고 싶은 날

오늘 자리를 바꿨는데,
세상에 그 불여우가 저랑 짝을 하겠다고
막 우기는 거 있죠?
정말 염치없다니까요. 아주 대놓고 내 옆에 앉고 싶다고.
선생님이 하는 수 없이 우리 둘이 앉으라고 했는데,
제가 보기에는 아무래도 얘가 꿍꿍이가 있는 거 같아요.
적을 알아야 승리한다? 뭐 그런 거 아닐까요?

여하튼, 원래 같이 앉으려고 했던 친구들과
떨어져 앉아야 해서
좀 짜증나기도 하고 얘가 이렇게까지 하는 게
불쌍하기도 하고.
뭐, 그런 기분?
차라리 선생님한테 말해서 다시 바꿔 버릴까요?

이번에도 여우를 잡아 죽여야 한다는 댓글이 많이 달렸다. 이곳에서 나를 지지하는 사람들은 어찌 됐든 일단 내 편을 들어준다. 각자 따로 노는 내 진짜 가족보다야 훨씬 실용적이고 도움이 된다. '엘리스 월드' 야말로 진정한 가족이 아니고 뭐란 말인가.
　가족이란 그런 거다. 서로 보호해 주고 위로해 주는 사이. 모두 나처럼 엘리스 월드에서 위로 받았다. 기댈 곳이 필요할 때 언제든 와서 노닐 수 있는 쉼터였다. 어느 날 올라온 글 하나가 그걸 증명했다. 사람들이 진짜 친구와 가족을 만나고 싶어 한 것이다.

정모 합시다!

엘리님 이하 우리 엘리스 월드! 여러분~
우리 한번 안 만나나요?

엘리님 너무 보고 싶다는~

정모 하면 제가 장소 섭외하겠음!

수많은 꼬리말이 달렸다. 모두 찬성한다는 내용이었다. 날짜가 안 맞아서 못 나가더라도 최대한 나갈 수 있게 하겠다고 난리다. 정모를 한다고? 만나자고? 드디어 친구들을 만나는 거다. 설렌다.

무심코 뭘 입고 나가야 하나 고민하던 나는 문득 그게 문제가 아니라는 걸 깨달았다. 책상 밑에 떨어진 볼펜을 줍다가 책상에 머리를 박았을 때처럼 머리가 멍해졌다. 지금 이 아이들은 엘리를 만나길 바라는 것이다. 내가 아니라 엘리를!

그제야 나는 모처럼 전신거울 앞에 섰다. 옛날에 알던 내가 거울 속에 아직도 들어 있었다. 나는 계속 착각하고 있었다. 나는 초등학교 3학년 때 이후로는 40킬로대에 머문 적이 없었고 167센티에 하얀 얼굴도 아니다. 그냥 평범한 외모를 가진 통통한 계집애다. 나는 내가 올린 사진을 다시 찾아보았다. 아무리 고개를 숙이고 눈을 크게 떠도 그 모습을 실제로 재현하기는 힘들었다.

쿵. 쿵. 쿵.

공포영화에나 나올 법한 무거운 음악이 내 인생의 새 배경음악으로 깔렸다. 만약 내가 주인공이라면 이 위기 상황에서 구사일생으로 살아남을 것이고, 만약 조연이라면……

가장 최근에 남겨진 댓글을 보는 순간 내 미래는 확실해졌다.

엘리님, 남친 꼭 데리고 나오세요~

나는 가장 처참하게 죽는 주인공 친구가 분명하다.

12. 내 **영혼의 무게**라도 줄일 수 있다면

다이어트를 시작했다. 엄마는 내가 다이어트를 안 할 때는 다이어트 좀 하라고 하더니, 막상 다이어트를 하니까 웬 다이어트를 하냐고 했다.

"안 해도 예뻐. 성장기에 막 굶고 그러면 안 돼."

나도 다 알아. 안다고요. 그런데 내 성장은 끝났고, 옆으로만 퍼질 뿐이라고요.

엄마는 엄마라는 위치를 인식해서인지 너무 식상한 잔소리를 해 댔다. 마음 같아서는 세 끼니를 다 굶고 싶었지만, 잔소리가 더 쏟아질까 봐 일단 아침밥 반 공기를 먹고 일어섰다.

정모 날짜는 보름 뒤로 정해졌다. 보름이면 조금은 뺄 수 있을까? 보름 동안 아무것도 안 먹으면 몇 킬로그램이나 덜어낼 수 있을까?

나는 학교 급식도 먹는 척만 하고 거의 먹지 않았다. 꼭 다이어트 때문이 아니라도 정모 생각만 하면 입맛이 없어 먹을 수가 없었다. 이런 식이라면 살이 빠지는 건 시간문제다. 시, 간, 문, 제. 그렇지. 단지 시간의 문제일 뿐이다. 하지만 나에게 남겨진 보름이란 시간은 너무도 짧다. 딱 보름만 더 있어도 얼마나 좋을까?

"너 다이어트해?"

오늘도 혜나는 나를 관찰하고 있었다. 내 일거수일투족을 혜나의 큰 눈이 쫓아와 지켜봤다. 영화 속에 나오던 커다란 나가 아니라 커다란 혜나가 나를 따라다녔다.

"갑자기 살을 왜 빼?"

혜나가 얼굴을 들이밀었다. 이렇게 얄미운 때 어처구니없게도 혜나가 무척 아름답다는 생각이 들었다. 혜나는 정말 딱 그대로 내가 만들어 낸 엘리였다. 번개가 치듯 번쩍 빛이 일었다. 만약 혜나가 정말 엘리라면 어떨까? 나 대신 정모에 나간다면? 당연히 엘리는 큰 환영을 받을 것이고 온라인에서의 내 인기는 유지될 것이다. 실물이 더 아름답다는 찬사를 들을지도 모른다.

"오오, 진짜 다이어튼가 보다."

"혜나 넌 진짜 눈썰미도 좋아."

혜나 친구들까지 내 식판을 들여다보며 호들갑을 떨었다. 그러고 보니 이 애들, 엘리스 월드에 있는 아이들과 비슷하다. 무조건 혜나를 칭찬하고 혜나가 옳다고 생각하기. 혜나와 엘리로 추종 대상은 다르지만 어떻게 보면 그 둘은 하나로 통했다. 혜나나 엘리나 화려한 겉모습으로 꾸며진 건 마찬가지다. 그 속살은 둘 다 시꺼먼 거짓부렁으로 가득 차 있다.

혜나는 친구들의 응원에 힘입었는지 으쓱대면서 뒤 운동장으로 산책을 나갔다. 나는 아름다운 혜나의 뒷모습을 보면서, 잠깐이나마 했던 기발한 발상을 쓱쓱 지워 나갔다. 나 대신 혜나를 내보내다니 정말 말도 안 되는 생각이었다. 신성한 엘리를 모독하는 괘씸한 발상인 것이다. 뒤 운동장에서의 굴욕을 그새 잊었단 말인가. 장은새, 정신차려!

요즘 뒤 운동장은 늘 비어 있었다. 뒤 운동장이 썰렁해질수록 학교 전체에 깔린 삭막한 기운이 점점 짙어졌다. 선생님들은 늘 꿍꿍이 가득한 눈으로 아이들을 바라봤고, 아이들은 서로를 경계하는 눈빛으로 바라봤다. 다들 누군가 걸리기만 하면 요절을 낸다는 표정이다.

지이이잉.

어디서 진동소리가 들렸다. 자동으로 혜나 책상을 보았지만, 혜나 휴대폰은 주인 손에 들려 산책을 간 뒤였다. 내 전화였다.

모르는 번호.

지역번호 043. 충청도. 아빠가 있는 곳.

"여보세요?"

"저…… 혹시 장준수 아저씨 따님 되십니까?"

고양이다. 제법 예의를 차리며 말하는 게 우습다.

"맞는데요, 저번에 왜 다시 전화 안 했어요?"

"아싸! 맞았다!"

고양이가 시끄럽게 울어 댔다. 아주 신나서 죽겠지? 참 좋겠다. 쳇.

"내가 이 번호 찾느라고 얼마나 고생했는지 알아? 아저씨한테 물어보면 우리 통화한 거 들킬 테니까 물어보지도 못하고, 아, 진짜. 맨 앞이랑 맨 뒤는 아는데 중간번호가 가물가물하지 뭐야. 네 자리 번호 조합해서 다 걸어 보느라고 아주 죽을 뻔했어."

아니. 이게 어디서 다짜고짜 반말이야? 저번에 통화한 게 까마득한데도 난 다 기억한다. 우리는 그때 서로 존대를 했다. 어디 그렇게 나온다 이거지? 눈에는 눈, 이에는 이다.

"왜? 통화 버튼만 누르면 되잖아."

"아, 그날 학교에서 담탱이한테 핸폰 뺏겼는데……"

녀석은 내가 반말을 하건 말건 아랑곳하지 않고 주저리주저리 말을 늘어놨다. 자기가 휴대폰을 되찾기 위해 벌였던 모험담을 생동감 넘치게 재현했다. 담임은 휴대폰을 책상 서랍에 넣어 두고는 돌려주는 걸 잊었고, 고양이는 그걸 되찾기 위해 교무실 창문으로 잠입, 마침 숙직실에 있던 선생님에게 걸려 도둑 누명만 썼다고 했다. 누명을 벗기 위한 고군분투가 한참을 더 이어졌다. 아직 왜 내 번호를 잊어버렸는지는 안 나왔다. 이 녀석에게 본론이라는 건 양파 속 알맹이 같은 건지도 모른다. 까고 또 까도 한 대접 눈물 흘릴 때까지 나오지 않는 그것. 하품을 몇 번 해야, 눈물을 몇 번 흘려야 내 번호 이야기가 나오려나? 아함, 지루하다.

"그래서 내가 학생의 인권에 대해 주장했지. 인권 침해 아닙니까. 선생님!"

내 진짜 엘리는 어디로 갔을까? 여행은 재미날까?

잠시 엘리에 대한 추억에 잠겼던 나는 참다 못해 따져 물었다.

"그래서 결론이 뭐야?"

"담탱이가 화를 내면서 내 휴대폰을 꽃병에 담그려고 하는 거야. 물론 나도 인간인지라 엄청 쫄았지. 하지만 그렇다고 물러서면 내가 아니잖아? 용기가 있다면 그렇게 하라고 소리치니까 담탱이 눈이 왕방울만 해지더라."

"그래서, 담탱이가 전화기를 넣었고, 물먹어서 번호가 다 날아갔다?"

"그렇지."

155

"아유, 그 얘기를 왜 그렇게 길게 해?"

고양이가 와하하하 웃었다. 참 화통하고 긍정적이며, 어이없는 녀석이다. 이 녀석.

"어머어머, 은새야! 너 남친 생겼어?"

언제 왔는지 혜나가 끼어들었다. 나는 너무도 놀라 휴대폰을 닫아 버렸다.

"얘들아, 은새가 남친이랑 다정하게 통화하는 거 있지?"

"진짜?"

혜나 친구들이 또 우르르 몰려왔다. 그래, 차라리 남자 친구랑 통화한 거라면 얼마나 좋을까? 나는 지금 내 아빠의 어린 애인과 통화한 거라고!

속에서 신물이 올라왔다. 조금밖에 안 먹은 급식 냄새가 시큼하게 풍겼다. 나는 책상 위에 엎드렸다. 속도 모르고 드르륵드르륵 휴대폰 진동이 울리더니 조금 뒤 멈췄다.

"은새야, 니 남친 전화 이제 안 받아?"

혜나가 내 휴대폰을 들여다봤다. 나는 얼른 휴대폰을 내 양팔 사이에 넣고 품었다. 눈치도 없는 고양이 녀석. 쓸데없이 휴대폰 고장난 이야기나 들었다. 정작 중요한 이야기, 궁금한 이야기는 하나도 못 했다. 이건 아니다.

나는 휴대폰을 들고 벌떡 일어섰다. 혜나가 깜짝 놀라 움찔하는 사이에 나는 정신없이 복도를 달렸다. 우리 반이 멀어졌을 때 다행히 휴대폰이 다시 울렸다.

"여보세요. 헥헥."

"은새 양, 지금 전화 못 받는 상황 같은데……. 내가 딱 하나만 물어보고 이따 밤에 다시 전화할게."

"뭔데?"

"니 번호 말이야. 학교에서 몰래 쓰는 거라 지금은 재다이얼 눌러서 했는데…… 나중에 내가 또 걸려면, 무슨 번호를 눌렀는지 도대체 기억이. 내가 또 머리는 좋은데 기억력이……. 오늘 학교 끝나자마자 휴대폰 다시 살 거니까……"

이 수다쟁이. 말이 또 길어진다.

"알았어. 중간 번호 2453이야. 뒤는 알지?"

"2453. 땡큐."

뚝. 전화가 끊겼다.

오후에는 컴퓨터 시간이 있었다. 다들 선생님 몰래 딴짓을 하느라 바빴다. 나는 엘리스 월드에 올라온 새 글을 확인한 뒤에, 고양이와 통화할 때 무슨 말을 할지 미리 생각했다. 말이 다른 데로 새지 않으려면 요점만 간단히 하는 게 좋을 것 같았다. 할 말만 하고, 들을 말만 듣고 끊기. 그 사기꾼 같은 수다쟁이에게 휘말려서는 안 된다.

나는 간단히 세 가지로 질문을 정리해 보았다.

1. 넌 누구냐?
2. 왜 아빠를 만나냐? 원하는 게 뭐냐?
3. 아빠랑 무슨 사이냐?

1번 질문에서는 최대한 간단한 인적사항을 물을 것이다. 적에 대해 아는 건 중요한 일이니까.

2번 질문은 혹시 이 녀석이 돈이나 기타 목적으로 아빠를 이용하는 건 아닌지 알아보기 위한 것이다. 차라리 용돈을 원한다는 대답이 나왔으면 좋겠다. 원하는 게 사랑뿐이라고 하면 참 곤란하다.

3번 질문은 굳이 묻고 싶지 않았지만 물어야 할 질문이다. 2번 질문에서 가닥이 잡히지 않을 때 3번 질문으로 정리를 해 줄 것이다. 그럴 리는 없겠지만, 혹시 연인이라고 한다면, 만약 그렇다면 엄마에게 이 모든 사실을 다 말하고 이혼을 권유하리라.

"어? 너, 이 카페 회원이야?"

느닷없이 옆자리에 있던 혜나 친구1의 머리가 내 모니터를 가렸다. 나는 얼른 alt키와 F4키를 눌러 창을 닫았다.

"뭐야, 좀 보면 안 되냐?"

다행히 혜나 친구1은 고개를 갸우뚱하더니 자기 모니터로 눈길을 돌렸다. 금세 나에 대한 관심을 접고 자기 미니홈피를 들여다보기 시작했다.

저녁 내내 전화를 기다렸다. 저녁밥도 안 먹은 터라 일찍 자고 싶었지만, 녀석은 좀처럼 전화를 하지 않았다. 지루해진 나는 '엘리스 월드'에 들어가기 위해 컴퓨터를 켰다.

메일 : 1

누구지? 나는 카페 회원이나 스팸이겠거니 생각하고 편지함을 열었다. 그런데 놀랍게도 나에게서 온 편지였다. 아니, 진짜 엘리에게서 온 편지다.

잘 지내?
여긴 피시방이야. 난 지금 여행 중이고, 잘 지내고 있어.
연락도 못 하고 그래서 미안해.
하지만 지금은 혼자 여행하고 싶어.
여행에서 돌아오면 많은 게 달라져 있거나
아무것도 달라져 있지 않을 거야.
어쨌든 난 지금 진정한 날라리가 되어 가는 중이야.
넌 어때?

- 엘리

엘리의 마지막 말이 나를 두드렸다. 엘리는 꿈꿔 오던 바대로 진정한 날라리가 되는 여행을 하고 있다. 그런데 난 지금 무엇을 하고 있는 걸까? 내가 만든 또 다른 엘리는 뭘 위해 존재하는 걸까?

갑자기 정모에 나가기 위해 다이어트를 하는 내 자신이 초라하게 느껴졌다. 단 하루의 다이어트였지만 혐오스러웠다. 심지어 나는 혜나를 대신 내보낼 생각까지 했다.

"너 지금 뭐 하는 거야? 외모지상주의에 물든 거야?"

엘리라면 유식해 보이는 용어를 써 가며 내 실패를 딱 집어 주었을 것이다. 그리고 지금은 다른 언어로 그 뜻을 전하고 있다. 때마침 도착한 엘리의 이메일은 지금 내 모습을 조롱하고 있었다.

당장 엘리스 월드에 들어갔다. 정모에 못 나간다는 글을 올리고 창을 닫았다. 당분간은 일부러 카페에 들어가지 않으려 한다. 회원들 반응이 어떨지 상상도 하기 싫다. 그들이 나를 원하고 아쉬워한다면 나도 모르게 끌려갈지도 모른다. 달콤한 유혹은 함정일 뿐이라는 걸 알면서도 자꾸 달콤함을 즐기고만 싶다.

지이이잉.

때마침 고양이가 전화를 걸어 왔다. 이 자식, 잘 걸렸다.

"미안. 늦었지?"

"질문할게. 답이나 해."

"질문? 답?"

전혀 예상 못했다는 반응이다. 우리가 통화하는 이유가 내 궁금증 해결 아니던가? 바로 1번 질문부터 시작하자.

"너 도대체 누구야?"

"아하, 그런 질문? 난 또 뭐라고. 학교에서 만날 썩다 보니까 또 수학문제 같은 건 줄 알았지."

"쓸데없는 말 말고!"

"나? 난 열여덟 살. 청주에 살고 고양이를 길러."

"다 아는 얘기잖아."

"그럼 이건 어때? 난 기타를 쳐. 어쩔 땐 노래도 불러."

원하는 대답은 아니지만 새롭긴 했다. 고양이 외모가 어떨지 궁금해졌지만 묻고 싶진 않았다. 외모 역시 내가 원하는 대답은 아니었다.

"그런 거 말고 또 없어? 집이 가난해서 특이한 알바를 한다든지……"

"에? 뜬금없이 그게 무슨 소리야? 아저씨가 너 상상력 풍부하다고 할 때부터 알아봤어야 하는데. 진짜 재밌다, 너."

녀석이 하하 웃었다. 아빠가 내 이야기를 하다니 의외다. 안 되겠다. 바로 2번 질문으로 넘어가자.

"너 도대체 원하는 게 뭐야?"

"원하는 거? 글쎄, 내 꿈 말하는 거야?"

"아니, 당장 현실에서 원하는 거."

"당장은 축제에서 공연 잘하는 거? 참, 우리 내일모레 금요일에 공연하거든. 곡도 내가 썼다! 한번 와서 들어 볼래? 아니다. 넌 서울이지. 학교 빠지고 오라고 할 수도 없고. 아쉽네. 그래도 오면 좋을 텐데 어떻게 안 될까? 조퇴라도."

아, 정말 못 말리는 녀석이다. 또 삼천포로 빠졌다. 이런 애들은 돌려 말하면 못 알아듣는 모양이다. 3번 질문을 하는 수밖에.

"우리 아빠랑 무슨 사이니?"

수다쟁이가 멈칫했다. 전화기 너머로 숨소리가 들려왔다.

"글쎄?"

"글쎄라고?"

"그게 말이지. 우리 아빠는 진짜 짜증나. 꽉 막히고 답답해. 최악! 같이 있으면 잔소리만 하고. 그런데 너희 아빠는 안 그래. 정말 나랑 잘 맞고 잘 통해. 그리고 진짜 잘해! 아저씨 같지가 않아."

잘 맞다니. 잘 통하다니. 잘한다니! 도대체 뭐가? 뭘? 왜 이 남자애랑 우리 아빠가 그런 사이란 말인가? 우리 아빠 같은 사람에게 잘 맞는 사람이 있다는 것도 신기한데, 그 상대가 하필 남자라니. 내가 알고 있는 모든 지식을 총동원해도 일반적으로 생각하기가 힘들었다. 나는 평소에 남자가 남자를 사랑한다는 걸 거부감을 가지고 생각해 본 적이 단 한 번도 없다. 그저 그럴 수도 있는 거라고, 남자든 여자든 사람이 사람을 사랑한다는데 뭘 따지냐고 생각했다.
 그런데 이건 아니다. 세상 사람들이 다 그래도 우리 아빠가 그러는 건 싫었다. 이기적이고 이상한 논리라고 해도 하는 수 없다. 결혼하고 딸까지 낳은 우리 엄마가 연결되어 있어서 그렇다. 상대가 남자든 여자든 이건 명백히 불륜이다.
 우리 엄마는 아직도 수박을 사다 날라 주고 같이 먹어 줄 사람이 필요하다. 그런데 웬 수다스러운 꼬맹이가 끼어들어 다 끝이 났다. 나쁘다!
 "야, 왜 아무 말도 안 해? 내 얘기 재미없어?"
 뭐라고 계속 떠들던 녀석이 시무룩하게 말했다. 버럭 소리를 지르며 욕을 퍼부어 주고 싶었다. 하지만 나는 그러지 못했다. 그저 치밀어 오르는 화를 전화기 폴더를 세게 닫는 것으로 표현했을 뿐이다.
 "바보 자식. 멍청한 놈."
 욕조차 제대로 할 줄 모르는 내가 슬프다. 나쁘다. 나는 엄마를 위해, 그리고 나를 위해 아무것도 할 수 있는 게 없다. 아빠가 사라졌으면 좋겠다고 생각한 게 엄마한테 미안했다. 엄마, 이제 나와 엄마 둘뿐이다. 겉으로는 똑똑하지만 속은 바보인 엄마와 겉으로도 바보고 속도 바보인 나만 남았을 뿐이다.

13. 나는 날라리

아침부터 무척 기분이 안 좋다. 간밤에 엄청나게 기분 나쁜 꿈을 꿨다. 꼭 석민이처럼 생긴 고양이가 아빠와 함께 손을 잡고 뛰어다니는 꿈이었다. 그리고 보니 고양이 녀석 본명이 뭔지도 물어보지 못했다. 이름을 외쳐 부르며 욕을 퍼부어 주었다면 내 속이 좀 더 편했을 것이다. 나는 스스로 머리를 어지럽히고 마음을 무겁게 짓누르고 있다. 이건 다 내가 소심한 탓이다.

꿈도 꿈이지만, 내 기분을 더 안 좋게 하는 건 혜나 친구들이다. 그 애들은 내가 교실에 들어서는 순간부터 힐끔힐끔 나를 훔쳐봤다. 다른 때 대놓고 훑어보던 것보다 더 기분이 나쁘다.

"은새야아."

혜나 친구 하나가 애교 넘치는 목소리로 나를 불렀다. 뭐 좋은 일이 있는지 입이 찢어지려고 한다.

"왜?"

"너 괜찮아?"

"응?"

히히히. 혜나 친구들이 자지러진다. 내 얼굴에 뭐라도 묻은 거야? 나는 혜나를 봤다. 혜나는 자기 친구들만큼 기분이 좋아 보이진 않았다. 그냥 아무 표정도 없이 앉아 있다가 입을 열었다.

"엘리."

내 귀가 의심스러웠다. 방금 혜나가 엘리라고 말했다.

그때 혜나 친구1이 노래하듯 중얼거렸다.

"엘리스 월드ㅇㅇㅇㅇ."

갑자기 누가 불을 껐다. 아니, 내 눈앞만 캄캄했다. 아무 생각도 나지 않았다. 무슨 상황인지, 어떻게 혜나 친구가 엘리스 월드를 알고 있는 건지 도저히 모르겠다.

"내가 글 올렸는데 봤어?"

혜나 친구1이 자랑스레 말했다. 모처럼 혜나에게 재밌거리를 준 게 뿌듯하다는 표정이다.

"무슨 글?"

"보면 알아. 아유, 어쩐지 낯이 익다 했지. 컴터실에서 거기 회원인 거 보고 깜짝 놀랐네."

"아, 진짜 웃기다."

혜나는 이상하게도 표정이 안 좋았다. 대신 혜나 친구들이 자지러졌다. 나는 멍하니 혜나 친구들 웃음소리를 들었다. 그리고 쉬는 시간마다 그 웃음소리를 들었던 것 같다. 학교가 끝날 때까지 어떻게 시간을 보냈는지도 모르겠다. 기회가 될 때마다 몰려와 남 흉보기 장기를 뽐내며 속닥이는 혜나 친구들. 영혼이 빠져나가 공중에 떠 있는 기분이었다. 그 애들이 흉보는 대상이 나라는 게 믿어지지 않았다.

나는 집에 도착하자마자 교복도 안 벗고 컴퓨터부터 켰다.

회원수의 몇 배에 달하는 엄청난 조회수를 자랑하는 글이 두 개 있었다. 글에 달린 댓글만 해도 엄청났다. 첫 번째 글 제목은, 엘리의 정체.

엘리의 정체

엘리님, 정말 예뻐요. 그쵸?
제가 이 카페 주인장 엘리랑 같은 학교 같은 반이에요~
부럽죠? 저도 오늘 알았답니다 ㅋ
전에 셀카 사진 올린 거 봤겠지만,

제가 사진 한 장 더 올릴까 해요~
친구랑 찍은 건데, 뒤에 엘리 서 있는 거 찍혔어요.
이 사진 보시면 엘리가 왜 갑자기 정모 안 나온다고 한 건지
모두 이해하실 듯. 히히.

그리고 사진 한 장. 언젠가 소풍 가서 찍은 사진이었는데, 얼굴이 모자이크로 가려졌지만 딱 봐도 누군지 알 수 있었다. 다정하게 팔짱을 끼고 있는 건 혜나와 혜나친구1이었다. 그 뒤로 내가 어정쩡한 자세로 먼 산을 보고 있었다. 전혀 날씬해 보이지도 않고 예뻐 보이지도 않는 자연스러운 사진이다. 이게 언제 찍혔는지 기억도 안 난다.

난 댓글은 보지도 않고 다음 글로 넘어갔다. 쿵. 쿵. 쿵. 다시 공포영화 배경음악이 들려왔다. 아니다. 음악이 아니라 누가 내 귓가에서 큰 북을 치고 있었다.

엘리의 정체 2

아까 올린 사진 보고 몇몇 분이 제 옆에 있는 친구가
엘리 아니냐고 하시는데?
오, 노~ 전혀 아니에요.

그 친구는 우리 반 H인데 깡마른 게 정말 예쁘죠?

얼굴도 예쁘고 공부도 잘해요. 진짜 최고.

이런 진짜 명품들은 온라인에서 거짓말 절대 안 하죠.

짝퉁들이나 설치는 거지. 쯧쯧.

엘리는 k중학교 3학년 4반. 장은새.

여기에 올린 글들 다 가짜예요.

뭐 옆 반에 남친 있다고요?

걔가 남친이라고 말한 애는 우리 H를 좋아하는 애랍니다.

사진 보셔서 아시겠지만 걔 처음부터 끝까지 다 거짓말!

날라리는커녕 날라리랑 말도 해 본 적 없을걸요.

거의 왕따인데 무슨.

그나마 엄마가 디자이너인 건 맞다고 하네요.

자기한테 유리한 것만 진짜로 써 놓고

나머지는 다 가짜예요.

여러분, 속으신 거예요.

저도 얼마 전까진 깜박 속았고요,

프로필 사진 보고 어디서 많이 봤다 했는데,

걔가 어제 여기 카페 들어가는 거 보고 다 알아 버렸죠.

우리가 속았다는 사실을요!

안 보려고 해도 절로 댓글로 눈이 갔다. 아니나 다를까, 모두 나를 비난하고 있었다. 믿고 존경했는데 배신을 당했다는 둥, 엄마가 디자이너인 브랜드를 알아내서 옷 불매운동을 할 거라는 둥, 우리 학교에 찾아온다고 벼르는 애들도 있었다. 곧 있을 정모에 피해자 H를 데려오라는 글도 많이 보였다. 불과 며칠 전까지만 해도 나를 추종하던 사람들이 한순간에 적으로 변해 버렸다. 내 친구들이고 내 사람들 아니었던가? 댓글은 뒤로 갈수록 거칠어졌다. 서슴없이 욕을 쓰고 어떤 이는, 나에게 죽으라고까지 했다.

누군가 나에게 욕을 하다니 충격이었다. 그동안 나를 비웃거나 뒤에서 흉을 보는 애들이 있다는 건 알았지만, 대놓고 욕을 하는 애들은 없었다.

진짜 내가 죽으면 이 애들이 후회할까?

죽는다고 생각하니 어떻게 죽어야 할지부터 고민되었다. 보통 공부 때문에 스트레스를 받고 죽는 내 또래 애들은 거의 다 아파트에서 떨어져 죽던데, 그건 너무 무서웠다. 그리고 떨어지면 머리가 깨질 테니, 처참할 게 뻔했다. 사방으로 튀어 있는 뇌수와 피. 그건 누가 치울까? 경비원 아저씨가 하겠지? 락스 뿌려서 청소하나? 뭐, 어쨌든 그 방법은 영 아니다.

목을 매는 것도 별로다. 목을 매면 똥오줌이 다 나온다는데 그렇게 더럽게 죽어갈 순 없다. 한 방에 확 아름답게 떠날 방법이 없나?

나란 인간은 죽음을 결심하는 와중에도 아플까 안 아플까, 어떻게 죽어야 예쁘게 죽을까 이따위 고민이나 하고 있다. 바보. 멍청이. 병신. 나 같은 거 죽는다 해도 아무도 후회 안 할 거다. 아니, 죽었는지도 모를 거다.

뚝. 굵은 눈물이 한 방울 떨어졌다. 그걸 신호로 눈물이 쏟아지기 시작했다. 진짜 엘리의 편지가 생각났다.

여행에서 돌아오면 많은 게 달라져 있거나
아무것도 달라져 있지 않을 거야.
어쨌든 난 지금 진정한 날라리가 되어 가는 중이야.
넌 어때?

난 전보다 더 나빠졌어. 머리도 서서히 이상해지고 있는 듯하다.

엘리, 난 많은 게 달라졌어.
내 스스로 날 가짜로 만든 거야. 맞아. 어쩌면 그건 아무것도 달라지지 않은 건지도 몰라. 원래 내 자체가 이런 인간이었던 거지. 내 여행은 실패했어. 진정한 날라리가 되는 건 너무 어려운 일이었어. 난 어떻게 해야 하지? 빨리 돌아와, 엘리. 나를 도와줘.

나는 침대로 뛰어들었다. 안전지대도 내 눈물을 멈추는 데는 별로 도움이 되지 못했다. 금세 베개와 이불이 흠뻑 젖었다. 할 수만 있다면 엘리를 만나고 싶었다. 내 속으로만 맴돌게 놔둬야 하는 말을 직접 소리 내어 말하고 싶었다.
"엘리. 명자야."
정말 바보 같다. 나는 이럴 때 왜 모두 털어놓고 하소연할 수가 없는 걸까. 왜 그런 사람이 주위에 없는 걸까? 엄마? 엄마는 엄마대로 슬프다. 엄마에게 불만이 많은, 바람난 아빠 때문에 슬프다. 거기에 슬픔을 보탤 수는 없다. 혹자는 엄마와 아빠가 이혼을 할지도 모르는 이 상황에서 이런 일로 슬퍼한다고 비난할 것이다. 하지만 다른 사람이 총에 맞아 죽는다 해도 내 손 베인 게 더 아픈 게 사람인 법이다. 아프다.
지이이이잉.
주머니 속에서 휴대폰이 울렸다. 모르는 번호다.
"여보세요? 엘리?"
"누구세요?"
"야, 이 미친년아."
전화기 너머에서 킬킬대는 소리와 함께 욕설이 들려왔다. 그제야 정모 장소를 예약하겠다는 아이에게 마지못해 내 휴대폰 번호를 알려 준 게 떠올랐다. 내 정보가 다 유출된 것이다. 지금 욕을 하는 게 누군지는 모르겠다. 내가 고민상담을 해 준 초등학생일지도 모르고, 내 자기소개 글을 보고 자기도 강아지를 기르고 싶다고 한 아이일지도 모른다. 우리는 한 가족이라며 하하호호 웃고, 정모를 하자던 사람들이 어떻게 이럴 수가 있지?

전화기를 든 손이 바들바들 떨렸다. 떨림은 손목을 타고 온몸으로 번졌다. 무섭다. 사람이 무섭다. 친구고 뭐고 그건 다 거짓이었다. 모르는 사람들일 뿐이다.

전화를 끊어 버리자마자 또 전화가 걸려왔다. 내 전화번호가 빠르게 퍼지는 게 분명하다. 나는 필요 이상 힘을 꾹 주어 전원을 껐다. 배터리도 뺐다. 눈에 안 보이는 곳으로 전화기를 감추었다. 컴퓨터도 그렇게 만들었다. 전원을 끄고 전선까지 뽑았다. 모니터를 거꾸로 돌려놓았다.

모니터 뒤통수를 바라보는 것만으로도 북소리가 들렸다. 쿵쿵. 작은 내 방에서는 어디에서도 컴퓨터가 보였다. 컴퓨터가 나를 보고 비웃었다.

꼴좋다.

나는 그대로 밖으로 나왔다. 골목을 지나 편의점으로, 편의점을 지나 거리로.

"헤헤헤."

웃음소리에 깜짝 놀라 고개를 돌리니, 초등학생 아이들이 자기들끼리 키득키득 웃고 있었다. 혹시 나를 보고 웃는 걸까? 내가 가짜 엘리라는 걸 알아본 거야? 그러고 보니 거리에 있는 모든 사람들이 나를 힐끔거리는 것 같았다. 나는 고개를 숙였다. 할 수만 있다면 내가 아닌 것처럼 분장이라도 하고 싶었다.

뛰었다. 사람들이 나를 보지 못하는 또 다른 안전지대로 가야 했다.

공원에는 사람들이 많았다. 아저씨들과 할아버지들이 심각한 얼굴로 장기를 두고 있었다. 다행히 내 자리는 비어 있었다. 오지 않은 동안 풀이 제법 자라 헤치고 들어가야 했다. 벤치에 앉아 보니 풀이 자란 게 오히려 좋았다. 이제는 밖에서 안이 전혀 보이지 않았다.

그러고 보니 이곳에 온 게 오랜만이다. 그동안 난 '엘리스 월드'가 새 안전지대라고 착각해 왔다. 엘리스 월드에 머무는 동안 이곳을 잊었다. 나 혼자 멍하니 앉아 이것저것 생각하는 시간을 가지는 걸 오랫동안 잊어버리고 있던 것이다. 다른 사람들의 환호에 휩싸여 나와 대화하는 걸 소홀히 했던 것이다.

"아, 짱나."

옆에서 귀에 익은 목소리가 들려왔다. 예전에 엘리가 삼인방에게 얻어맞을 때 들었던 그 목소리다. 나는 소리가 나지 않게 조심하며 공룡 사이로 눈을 가져다 댔다. 삼인방이 맞다. 아마 옆 벤치는 걔네 아지트인 모양이었다. 나는 무섭다는 생각도 들지 않았다. 지금 나에게 일어난 일이 그 애들이 휘두를지도 모르는 폭력보다 훨씬 더 무서웠다.

"학주는 왜 날마다 난리래?"

"그러게 말이야. 진짜…… 넌 아니지?"

"미쳤냐? 너 죽을래? 내가 교실에서 왜 그 짓을 하냐?"

"알았어, 알았어. 전교 날라리 다 잡아다 놓고 점심시간마다 지랄하니까, 나도 황당해서 그러지. 담배 때문에 집합인 줄 알았더니. 어휴."

아, 그 소문. 교실에서 무슨 일인가 벌어졌다던. 그래서 학생주임이 점심시간마다 날라리들을 싹 쓸어 갔나 보다. 아직도 그 소문이 돈다니 의외다. 고작 그런 말도 안 되는 소문을 가지고.

"남자는 대학생이라는 말이 있어. 누가 학교에 들어가는 걸 봤대. 대학생씩이나 돼서 중학교 교실에서 그러다니 완전 변태 아냐?"

"여자애만 불쌍하다. 잡으려면 그 자식을 잡아야지."

"야, 그놈 잡아서 뭐 하게? 경찰서라도 데려가려고? 여자애는 우리 학교 애가 확실하니까 잡겠다는 거지. 학주가 한 건 올릴 때가 또 됐잖아. 미친개 같으니."

"학주가 못 잡으면 그년 내가 잡을 거야. 더 못 참겠어."

"뭐? 어떻게?"

"처음 소문 낸 사람이 있을 거 아냐? 목격자. 소문을 거슬러 올라가다 보면 찾을 수 있겠지. 애들 다 풀면 불가능한 것도 아니지 않을까?"

짱 목소리가 비장했다. 삼인방이 투덜거리는 소리가 좀 더 들리더니 조금 뒤 잠잠해졌다.

어느새 하늘이 어둑어둑했다. 다시 슬픔이 밀려왔다. 남의 얘기를 엿듣느라고 잠깐 내 처지를 잊었던 것이다. 휴, 난 정말 구제불능인가 보다.

14. 월요일의 밴드

아침이 되었다.

"학교 다녀오겠습니다."

나는 명랑하게 외치고는 골목을 지나 편의점 앞까지 나왔다. 이제 15분만 더 걸어가면 학교가 나올 것이다. 지각 커트라인까지 남은 시간은 40분. 아무리 천천히 걸어도 지각할 일은 없다. 하지만 내 발길은 학교 가는 걸 거부했다. 오히려 학교 반대쪽으로 나아가려 했다. 도망. 지금 내가 할 수 있는 일은 도망치는 것뿐인가. 나는 억지로 학교로 발길을 돌렸다. 40분 안에 학교에 가는 게 나에게는 당연한 일이었고, 그 자체가 삶이었다.

"엘리, 왜 이제야 와? 지각할 뻔했잖아."

간드러진 혜나 목소리가 들리는 것 같았다. 혜나 친구들이 깔깔 대며 비웃는 소리가 듣기 싫은 모기 소리처럼 귓가를 맴돌았다. 아무리 떨쳐 버리려 해도 소리는 계속 났다. 한 걸음, 두 걸음. 학교에 가까워질수록 그 소리가 커져 갔다. 웃음소리에 소리가 하나씩 보태져 수많은 사람들이 웃는 소리로 모아졌다. 엘리는 장은새였다. 장은새가 엘리인 척했다. 결코 작은 새가 될 수 없는, 엘리는 더더욱 될 수 없는 장은새.

아, 오늘은 도저히, 교실에 들어갈 수가 없다.

"야, 어디 가?"

가상의 혜나 목소리가 말렸지만, 나는 멈춰 섰다. 십 분만 걸어가면 학교가 나오는 큰길 한복판에서. 잠깐의 망설임 끝에 뒤로 돌아 그대로 앞으로 걸었다. 학교에서 멀어질수록 혜나 목소리가 작아졌다. 웃음소리도 들리지 않았다. 같은 교복을 입은 아이들이 나와는 반대방향으로 걸어가며 힐끔댔다. 내가 정방향인 건지 그 애들이 맞는 건지 헷갈린다. 다수가 선택한 길이 옳은 걸까? 나보다 먼저 이 길을 걸어갔던 엘리는 정답을 알까?

지하철을 탔다. 가장 최근에 지하철을 탔던 건 아빠에게 휴대폰을 가져다준 그날이었다. 아빠 휴대폰에서 고양이와 주고받은 문자 메시지를 발견했고, 얼마 뒤에 고양이 녀석이 남자라는 것도 알았다. 청주. 그 녀석이 있고, 아빠가 있는 그곳. 그곳에서 오늘,

고양이 녀석이 학교 축제에서 공연을 한다. 우연처럼, 운명처럼 오늘이 바로 그날이었다.

"강변. 강변역입니다."

벌써 강변이다. 나는 후다닥 일어나다가 멈칫했다. 강변역에서 내리려고 했던가? 그 사이에 문이 열리고 벽에 씌어 있는 글씨가 보였다. 강변역. 이 역에는 버스터미널이 있다. 요전 날 아빠에게 휴대폰을 전해 준 곳도 바로 여기. 아빠가 청주에 가기 위해 버스표를 끊은 곳도 여기.

나는 지하철에서 내려 버스터미널로 갔다. 나도 모르게 청주행 버스 시간부터 확인했다. 청주행 버스는 자주 있었고 15분 뒤에 출발하는 게 가장 빨랐다. 당장 해야 할 일을 시뮬레이션해 보았다. 창구로 가기, '청주 가는 버스표 주세요'라고 말하기, 지갑에 있는 만원을 내고, 거스름돈을 돌려받기. 그렇게 간단한 일이 처음이라는 이유로 두렵게 느껴졌다. 그때 창구 직원과 눈이 마주쳤다. 학교에 가지 않고 서성이는 나를 의심하고 있을지도 모른다. 나도 모르는 사이에 벌써 가출한 날라리로 낙인 찍혀 있을지도.

"처, 청주요."

창구 직원은 가장 빠른 표를 알려 주었다. 나는 책가방을 다시 고쳐 메고 최대한 자연스럽게 표를 달라고 했다. 만 원짜리 한 장을 내고 거스름돈을 받았다. 성공이다.

천천히 버스 타는 곳으로 가 보니 벌써 버스가 대기하고 있었다. 청, 주. 아빠가 있는 청주에 한 번도 가 보지 못했다. 나야 가고 싶은 생각 자체가 없었지만, 아빠는, 가끔 가서 살림 좀 봐 주겠다는 엄마도 못 오게 막았다.

다 그 고양이 녀석 때문이다.

"재수 없어."

버스에 써 있는 청주라는 글씨가 괜히 욕을 먹었다. 욕을 먹어야 할 녀석은 그 몹쓸 자식이다. 나는 내내 꺼두었던 휴대폰을 켰다.

너희학교터미널에서
어떻게 가?

수업 중이라 금방 안 올 줄 알았는데, 버스에 타자마자 답이 왔다.

왜? 오게?

순순히 가르쳐나 줄 것이지 또 문자를 보내게 만든다. 정말 눈치도 없네. 이거.

그냥 좀 알고 싶어서

빨리 가르쳐줘

몇시에 도착인데?

야!!

몇시?몇시?

순순히 알려 줄 것 같지는 않았다. 그렇다고 고양이네 학교가 어디냐고 아빠한테 물어볼 수도 없는 노릇이었다.

10시 40분

오케

나는 다시 휴대폰을 껐다. 막상 녀석이 마중 나온다고 생각하니 마음이 편해졌다. 낯선 곳으로의 여행, 그것도 나 혼자서. 열여섯 살이 되도록 한 번도 해 보지 못한 일이다. 청주에서는 혼자가 아니라니, 동행이 생긴다는 게 이리 든든할 줄이야.

아저씨와 아주머니, 할머니까지. 다양한 사람들이 버스에 탔다. 다행히 내 옆에는 아무도 앉지 않았다. 에헴. 헛기침소리에 놀라 돌아보니 한 아저씨가 신문을 펼쳐 들고 있었다. 젊은 여자는 벌써 눈을 감고 졸고 있었고, 할머니는 짐을 고정시키느라 바빴다. 나 같은 건 아무도 신경 쓰지 않았다. 서운한 마음이 들 정도로 나에게는 눈길도 주지 않는 버스 승객들. 같은 공간에 있지만 각자 자기 세계에 빠져 있을 수 있다니 재미있는 일이다. 우습게도 가출 청소년으로 오해받기 싫은 마음과 나를 날라리로 봐 주길 바라는 마음이 동시에 일었다. 저 사람들 세계에 비집고 들어가고 싶다. 마침내 한 아주머니와 눈이 마주쳤지만, 나는 차창 밖으로 눈길을 돌렸다.

버스는 참 잘도 달렸다. 차창 밖으로는 쉴 새 없이 나무들이 지나갔다. 한 나무에 눈을 마주칠라치면 금세 뒤로 넘어갔다. 다음 나무에 눈길이 머무는 순간 또 그 다음으로. 나무들은 무심하고 도도하게 나를 지나쳐 갔다. 버스를 돌리지 않는 이상 내 버스 창문 안에서 같은 나무를 또 만나는 건 불가능하다.

아마 학교에서는 아직은 지각이라 여길 것이다. 혜나와 혜나 친구들만은 내가 도망갔다는 걸 눈치챌 테지. 짐작컨대 벌써 반 아이들 모두가 내 바보 같은 짓을 알고 낄낄대고 있을지도 모른다.

청주에 가면 아빠도 만나야 할까? 만약 만나면, 아빠는 나에게 또 돼지갈비를 먹일까? 이번에는 고양이도 있으니 같이 먹게 될까? 그러고 보니 고양이는 어떻게 생겼을까? 목소리만으로는 그냥 평범한 남자아이 이상도 이하도 떠오르지 않는다. 그냥 우리 반 어떤 애와 비슷하게 생겼을 것만 같다. 명동에 나가면 백 명은 있을 법한 외모 말이다. 전화 통화를 하는 것과 직접 만나는 건 아주 다른 일이다. 무슨 말을 먼저 해야 할까? 그러고 보니, 나는 왜 고양이를 만나려 하는 걸까?

 버스가 청주터미널로 들어갈 때 시계를 보니 정확히 10시 38분이었다. 첫 만남에 대한 두려움을 가지고 버스에서 내리는 순간 한 남자애가 튀어나왔다.

 "안녕!"

 "어? 맞아? 고양……."

 "흐. 고양이는 아니고 김시후라는 인간이거든."

 키는 별로 안 크고 깡말랐다. 내 상상 그대로 평범하게 생겼다. 그런데 어쩐지 눈에 확 띈다. 인파 속에서 튀어나왔을 때는 나도 모르게 반가움을 느끼고 말았다. 만나면 한 대 때려 주려고 했는데, 막상 얼굴을 보니까 그런 마음이 사라진 거다. 장난스레 웃는 얼굴과 아무렇게나 걸쳐 입은 교복에서 바삭바삭한 웃음이 느껴져 툭 치면 와하하 웃음이 떨어질 것만 같다.

 "근데 난 줄 어떻게 알았어?"

"야, 이 시각에 교복 입고 버스에서 내릴 사람이 또 누가 있는데?"

"아······. 학교는?"

"밴드 연습 때문에 2교시는 빼 줬어. 2교시가 담탱이 수업이거든. 담탱이가 날 좀 좋아해서 팍팍 밀어준다는 거 아냐. 내가 살짝 애교를 좀 떨어 줬더니 귀엽다나 뭐라나. 어차피 축제라 점심 전에 학교 끝나지만."

까불까불. 까불까불. 이 애는 정말 전화나 실제나 똑같다. 만나서 어색해하거나 그런 게 전혀 없다. 오히려 얼굴을 보면서 수다 떠니까 더 신이 난 눈치다.

"아, 그럼 바쁜 거 아냐? 여기서 나랑 수다 떨 시간 있어?"

"여기서 수다 떨 시간은 없지. 다른 데 가서 떨어야지. 너 배 안 고프냐? 난 아침을 안 먹어서 좀 고프다. 우리 아빠 취향이랑 내가 좀 안 맞아야지. 아침부터 고등어가 뭐냐? 냄새나게. 난 딱 블랙커피와 베이글 취향이란 말이지."

볼수록 신기한 녀석이다. 어느새 나는 입안에 감춰 두었던 웃음을 헤헤 흘리고 말았다. 그걸 또 안 놓치고 녀석이 꼬투리를 잡았다.

"아유, 웃으니까 아주 예쁘네. 전화할 때 어찌나 퉁명스러워 주시는지 귀가 얼어붙는 줄 알았어."

그러고 보니 이렇게 마음껏 웃는 것도 오랜만이다. 어쩐지 같이 있으니 긴장이 풀려 버렸다. 청주에 와 버린 것도 다 이 애가 부린 마법 때문일까?

"쓸데없는 말 하지 말고. 그럼 뭐 좀 먹자."

"그럼 가시지요, 은새 공주님."

"공주? 누구 놀리냐?"

"크하, 왕자님이랑 같이 다니려면 공주 정도 지위는 돼 주셔야지. 그럼 배 채우러 가실까요?"

우리는 터미널 건너편에 있는 피자집에 들어갔다. 평일이라 런치타임의 저렴한 메뉴를 고를 수 있었다. 남자애랑 둘이 피자를 먹는 건 처음이었다. 꼭 데이트 같다. 나는 괜히 설레는 마음을 없애려고 허벅지를 살짝 꼬집었다. 피자가 나올 때까지 나는 괜히 고양이 얼굴을 마주 보지 못했다.

"내가, 내가 줄래. 내가 내가!"

고양이는 피자가 나오자마자 호들갑을 떨며 피자 한 조각을 내 접시에 덜어 주었다. 마치 공주를 모시는 기사라도 된 양 요란을 떨었다. 얼굴에 철판을 깐 건 물론이고 친한 척하는 것 또한 세계 최강이다.

"너 원래 이래?"

"뭐가?"

"아니다."

원래 이렇게 친절하냐고 물으려다가 말았다. 녀석이 오해를 하면 곤란하다.

"너는? 너는 원래 그래?"

"뭐가?"

"원래 그렇게 무서워?"

무서워? 무서워? 무서워? 내가? 황당해서 말이 안 나왔다. 녀석은 내 반응은 아랑곳하지 않고 내 접시에 새 피자를 얹었다. 갑자기 입맛이 뚝 떨어졌다. 항상 내가 다른 사람을 무서워했지, 누군가 나를 무서워하리라곤 상상도 못했다.

"내가 뚱뚱하고 못생겼다는 뜻이야?"

"아니! 너 딱 보기 좋고 예쁜데 그게 무슨 소리? 글구 뚱뚱하고 못생기면 무서운 건가? 거참, 이상하네."

나는 할 말이 없어서 눈을 치켜떴다. 사람들은 가끔 내가 딱 보기 좋은 건강한 몸매라고 하기도 하는데, 그 말은 곧, 많이 뚱뚱하진 않으니 아직은 괜찮다는 말이다. 단지 날 위로하기 위해 하는 말이다. 녀석이 내 눈치를 보며 다시 입을 열었다.

"뭐, 마른 거보단 낫잖아? 안 그래? 내 뼈 부딪치는 소리를 좀 들어 봐. 밤에 자다가 벌떡 일어나서 라면을 먹고 다시 자도 살이 안 찐다고. 들려? 달그락. 달그락. 달그락달그락."

녀석이 힘차게 팔을 흔들었다. 손목이 덜렁덜렁 떨어질 것만 같았다. 그 모습이 어찌나 우스꽝스럽던지 나는 또 웃음을 터뜨리고 말았다. 녀석은 목표를 달성했다는 듯 씩 웃었다.

"가자. 엉덩이에서 뿌리 내리겠다."

푸하하. 이제는 별말도 아닌데 웃기다. 내가 미쳤나? 그래. 홀린 거다. 고양이의 마법에 넘어간 거다. 우리 아빠처럼 그렇게 되어 버린 거다. 그래도 쉽게 넘어갈 수는 없어 애써 뿌루퉁한 표정을 지으며 녀석을 따라갔다.

"여기가 우리 연습실이야."

녀석이 나를 데려간 곳은 곰팡이 냄새 가득한 지하실이었다. 건물 1층 복도 끝에 있는 작은 문을 여니 지하로 가는 계단이 있었고, 그 계단 끝에 또 문이 있었다. 밴드 이름이 적힌 작은 아크릴 판이 붙어 있지 않았더라면 나는 그곳이 화장실이라고 생각했을 것이다.

"컥."

"여기가 환기가 좀 안 돼. 여름에는 습하고 더워서 죽어난다. 그래도 넌 가을에 온 게 다행이야. 헤헤."

하긴 이런 지하실이 환기가 될 리 없었다. 녀석은 여름에는 옷을 다 벗고 팬티만 입고 연습을 한다고 너스레를 떨었다. 여자가 여기 들어온 건 처음이라고, 영광으로 여기라고 했지만 나는 도저히 영광스럽지가 않았다. 내가 그간 티비나 영화에서 보아 온 번지르르한 연습실과는 차원이 다른 이 생소한 풍경에 힘이 빠졌다.

그래도 연습실이라고 사방의 벽과 천장에는 달걀판 무늬를 한 검은 스펀지가 덕지덕지 붙어 있었고, 한쪽 구석에는 드럼 세트가 놓여 있었다. 양 옆에는 커다란 스피커 같은 게 놓여 있었는데, 기타와 베이스 소리를 증폭시켜 주는 앰프라는 기계라고 했다.

"보컬이 마이크 꽂는 장비를 못 사서 내 앰프에 더부살이 중이지."

"마이크 꽂는 게 따로 있어?"

"당연하지. 밴드라는 게 은근 돈이 많이 드는 고급 취미라니까. 보컬 때문에 내 앰프 다 망가졌어. 으아아."

고양이가 앰프를 끌어안고 울부짖었다.

어쨌든 연습실은 꽃집과 분식점이 있는 1층의 아기자기한 분위기와는 사뭇 다른, 삭막하고 칙칙한 곳이었다. 바닥에는 무슨 전선이 너저분하게 널려 있어서 위험해 보이기까지 했다. 그냥 창고나 다름없었다.

"이게 드럼이구나."

유일하게 이곳이 연습실이라는 걸 알려 주는 드럼에 다가갔을 때, 뭔가 물컹한 게 다리에 와 닿았다. 머리칼이 쭈뼛 섰다.

"아악!"

"왜 그래? 왜?"

나는 엉겁결에 녀석의 팔에 매달렸다. 의외로 팔의 근육이 단단해서 놀라고 있는데, 녀석은 자다가 도둑을 만난 양 허둥거렸다. 안 보이는 누군가와 맞서는 양 이쪽저쪽 주먹을 휘둘러 댔다. 밑에서 작은 소리가 난 건 녀석이 제 풀에 못 이겨 넘어졌을 때였다.

냐아옹.

"고양이?"

고양이 한 마리가 내 발치에 앉아 나를 빤히 올려다보고 있었다. '왜 그렇게 난리냐, 이 인간아' 라고 말하는 듯 한심하다는 표정이다. 코에 난 까만 점이 씰룩였다.

"아, 얘가 걔야?"

"응. 아저씨와 나를 이어 준 고마운 녀석이지. 냥이는 여기서 키우는 거야. 우리 아빠가 고양이라면 질색이거든. 재수 없고 무섭다나? 얘한테는 우리 아빠가 재수 없고 무서울걸? 웩."

우리 아빠 역시 마찬가지다. 개털 알레르기가 있다며 길거리에서도 개만 보면 먼 길로 빙 돌아서 간다. 강아지 한 마리만 기르게 해 달라고 사정해도 귓등으로 듣는다. 그런 아빠가 고양이를?

"진짜 우리 아빠가 얘를 찾아줬어?"

"하하, 그게 말이지. 아저씨가 술 먹고 토해 놓은 걸 우리 냥이가 먹고 있더래. 내가 동네방네 다니면서 냥이를 찾으니까 아저씨가 어디에 토했는지 가르쳐 준 거야. 아저씨는 냥이가 신기하고 기특했다나? 자기 몸에서 나온 더러운 토가 누군가의 배고픔을 달래 주다니. 이러면서 감동했다던데. 아무리 취한 거였지만, 정말 웃겨."

더러운 이야기가 철학적으로 들렸다. 우리 아빠는 철학도 참 더럽다.

"더러운 얘기 그만하고, 이거 한번 해 볼래?"

녀석이 드럼 스틱을 까딱거렸다. 초등학교 1학년 때 피아노 학원 두 달 다닌 것 빼고는 음악과 인연이 없는 나다.

"음. 이렇게?"

두두두두. 아무렇게나 두드리는데도 흥겨웠다. 하지만 손목을 잘못 놀려 스틱이 금세 튕겨 날아갔다. 녀석은 스틱을 주워 능숙한 솜씨로 드럼을 두드렸다. 두두두두두두 팅.

"그런 건 누구나 할 수 있는 거 아냐?"

이상하게 이 녀석에게는 자꾸 삐딱하게 말하고 싶어진다. 만만해 보여서 그런가, 어떻게 반응할지 궁금해져서 부러 장난을 치는지도 모른다.

"난 뭐, 기타리스트니까. 나 사실은 기타의 신이다."

한쪽 구석에 세워 있던 기타가 녀석 손에 들어갔다. 기타라는 게 그냥 치면 되는 건 줄 알았는데 뭘 꽂고 뭘 켜고 분주했다. 지잉 징. 시범삼아 조금 치더니 어느새 익숙한 멜로디가 이어졌다. 외국곡이든 가요든 메들리가 되어 하나로 엉켰다. 노래 제목은 몰라도 다 아는 것들이라 심심하지 않았다. 그렇게 한참을 연주하던 녀석이 손을 멈췄다.

"기타의 신 연주 어때? 대단해? 이따 우리 공연 때도 봐줄 거지?"

그제야 다른 사람들이 궁금해졌다. 왜 아무도 없고 냥이만 있는지 이상했다. 냥이는 내가 마음에 드는지 또 다가와서 몸을 비볐다. 다리가 따듯해졌다.

"키보드는 다른 학교라 아직 끝나려면 멀었고, 나머지는 회사원이니까. 아직 일하시는 중? 공연은 일곱 시니까 걱정 마. 마이너스먼데이 첫 공연! 빠밤밤!"

"마이너스먼데이?"

"회사원들이 월요일 얼마나 싫어하는지 알지? 우리도 마찬가지잖아. 우린 월요일마다 밴드 연습을 하면서 그 고뇌를 이겨 내고 있지. 고등학생 스트레스도 알아줘, 넌 중딩이라 알까나."

"그래서? 오빠라고 부르라고?"

절대 그렇게 안 부르겠다고 다짐하면서 물었다. 녀석이 고개를 저었다.

"그래 봤자 한두 살 차인데 중딩이나 고딩이나. 난 가끔 그런 생각 한다. 옛날 사람들이 달을 보면서 달력을 만들어냈잖아? 그런데 열두 달이 지나면 한 살을 더 먹는다는 게 참 이상해. 같은 시간이라도 사람마다 노화나 기타 등등 성장이 다 다르지 않을까? 그걸 일 년, 열두 달로 딱 정해 놓는다는 게 마음에 안·들·어."

쓸데없는 고민을 심오하게 하는 게 누군가를 생각나게 한다. 아. 그래. 아까 터미널에서 처음 봤을 때부터 좀 그랬는지 모르겠다. 이 녀석, 묘하게 엘리를 떠올리게 만든다.

녀석은 구석에 있던 작은 탁자와 등받이 없는 의자 두 개를 끌어왔다. 우리는 탁자를 사이에 두고 마주 앉았다. 탁자 위에 먹다 남긴 바나나킥이 있었다. 녀석이 하나 권했지만, 습기를 머금어 눅눅하게 늘어진 과자가 맛있을 리 없었다. 나는 베어 물다가 포기하고 냥이에게 주었다. 냥이가 바나나킥을 맛있게 핥는 걸 보면서 원래 이 과자는 냥이용이라는 생각이 들었다. 나는 녀석에게 속아 고양이 밥을 뺏어 먹을 뻔한 거다.

"그런데 안 물어봐? 왜 교복 입고 여기까지 왔는지?"

"뭐 하러 물어봐? 공연 보고 싶어서 달려온 거 다 아는데. 원래 밴드는 팬에게도 그런 스피릿이 있어야 하는 거야. 진짜 중요한 게 뭔지 아는 거지. 잘했어. 잘했어."

녀석의 토닥토닥이 기분 나쁘지 않았다. 손이 닿은 어깨 주위가 따스하게 번져 나갔다. 만나면 죽이기라도 할 듯 욕을 하던 나는 간데없고, 순하디순한 모습만 남았다. 내 머릿속은 그 어느 때보다 복잡했지만, 마음속은 좀 비워진 느낌이었다.

우리는 컵라면으로 저녁을 때우고 여섯 시쯤 학교로 갔다. 연습을 한다고 담탱이한테 수업도 빼 달라고 했다던 녀석은 공연 시간이 다 되도록 기타 한번 잡지 않았다. 그저 커다란 기타가방을 어깨에 짊어지고 이리저리 돌아다닐 뿐이었다. 각종 먹을거리를 팔고 시시한 게임을 하는 데 끼어 수다를 늘어놓았다. 덕분에 나도 같이 변죽 좋은 여인이 되어 갔다. 낯선 곳에서 낯선 사람들을, 그것도 다시는 안 볼 사람들을 만나는 건 부담 없는 일이었다. 어쩔 때는 고양이보다 먼저 덤을 요구하기도 했다. 덤이라고 해 봤자, 떡볶이를 조금 더 달라고 하거나 물풍선 게임을 한 번 더 하게 해 달라는 거였다.

학교 동아리에서 하는 행사들을 하나씩 돌아보다 녀석이 갑자기 내 팔을 꽉 잡았다가 놓았다. 그러고는 안 어울리게 심각한 얼굴로 말했다.

"드디어 한다. 잘 봐."

녀석이 인파 속으로 완전히 사라질 때까지 무슨 뜻인지 몰라 그저 서 있었다. 아이들이 내지르는 환호성을 듣고서야 무대에 불이 켜진 걸 발견했다. 공연이 시작된 것이다.

　사회자가 나와 뭐라고 중얼거렸지만, 스피커 가까이 서 있는 나에게는 너무 크게 들렸다. 아이들을 헤치고 앞쪽으로 가자 이번에는 꺅꺅거리는 소리에 묻혔다. 이래저래 적응하기가 어려웠다. 하긴 우리 학교 축제에도 안 가는 내가 청주까지 와서 구경을 한답시고 껴 있으니 나 스스로에게도 적응하기가 쉽지 않다.

　그때 음악소리가 들려왔다. 목을 쭉 빼고 바라보니 비보이들이 반주에 맞춰 춤을 추고 있었다. 현란한 춤사위를 뽐으며 자유자재로 움직이는 모습을 보니 문득 유연해지고 싶다는 생각이 들었다. 저렇게 마음대로 움직일 수 있다면 얼마나 좋을까. 마음대로 되는 게 없는 세상인데 적어도 내 몸은 마음대로 해야 하는 거 아닌가.

　드디어 사회자가 밴드를 소개했다.

　"마이너스먼데이!"

　와아. 여자아이들이 내 귀에 대고 소리를 질렀다. 첫 공연이라고 하니 뭘 알아서 좋아하는 건 아닐 테고 그냥 소리부터 지르고 보는 거다. 아니면 소리를 지르기 위해서 여기 서 있는지도 모른다.

　"안녕하세요."

　고양이가 서 있는 게 보였다. 노래도 부른다더니 기타를 메고

가운데 서 있다. 인사 뒤에 뭐라고 중얼거렸지만 이쪽에서는 거의 들리지 않았다. 드럼 쪽으로 팔을 뻗으니까 드러머가 두두두두 드럼을 쳐 응답했다. 아마 멤버 소개, 그런 거? 이번에는 베이스 쪽으로 팔을 뻗었다. 둥둥둥 둥둥두두. 베이시스트가 폼을 잡으며 연주했다. 유독 여자아이들의 소리가 커졌다. 그런데 또 이상한 느낌이 나를 엄습했다. 이 그림은 뭐지? 왜 이리 불안하지?

"저 아저씨 짱 멋있다! 우리 아빠랑 동갑이래."

옆에 있던 여자애 하나가 경중경중 뛰었다. 아까 기타로 쳐 주었던 노래 중에 하나가 흘러나왔다. 분명 신나는 곡이었는데, 나한테는 별로 그렇지 않았다. 다들 위로 뛰고 있었지만 나는 땅을 파고 내려가고 싶었다.

베이시스트는 바로 우리 아빠였다.

15. 당신은 가짜야

"가자. 가자고."

고양이 녀석이 또 내 팔을 잡았다. 다리 힘으로 버텨 보려 했지만 열일곱 살 남자애를 이길 수는 없었다. 끌려가는 대신 나는 녀석을 때리기 시작했다. 다 녀석의 농간인 것처럼 여겨졌다. 머리로는 아니라는 걸 알지만 분이 풀리지 않았다. 내 두툼한 손에 얻어맞은 녀석 팔이 벌겋게 부어올랐다.

"잠깐만 들어가. 집에는 아저씨가 데려다 줄 테니까. 일부러 보러 온 거 아냐? 여기까지 온 거면 다 알고 온 거 아니냐고?"

맞은 게 억울했는지 녀석이 진지하게 말했다. 우리는 이십 분 동안 연습실 1층 꽃집 앞에서 실랑이를 하고 있었다. 진작 지하로 내려간 아빠는 불안한지 올라왔다가 내려갔다가를 반복했다. 나머지 멤버들은 올라와 보지도 않았다. 내가 아빠 딸인 걸 모르지는 않겠지만, 자기들끼리 뒤풀이를 한다고 신나 있을 것이다.

이제 고양이 녀석이 편하지 않았다. 편하기는커녕 말을 섞고 싶지도 않았다. 나는 말도 없이 계속 녀석을 때리면서 팔을 빼려 했다. 밤이 깊어 가고 있었고 엄마에게서는 계속 전화가 왔지만 나는 받지 않았다. 그런데 열일곱 번째 전화가 오는 순간, 문득 나는 엄마가 전화기 저편에서 무척 걱정하며 불안에 떨고 있으리라는 생각이 들었다. 엄마를 혼자 두는 건 싫다.

"엄마."

"여보세요! 은새니? 은새야! 너 어디야? 무슨 일이야?"

"청주."

"……아빠한테 간 거야?"

꼭 이혼한 뒤에 내가 아빠를 따라가겠다고 한 것처럼 엄마 목소리가 떨렸다. 정말 싫다.

"응. 그냥 와 본 거야. 금방 올라갈게."

"그래, 은새야. 아냐. 내일 아침에 엄마가 데리러 갈게. 지금은 너무 늦었어."

"응. 끊어요."

엄마에게 존댓말을 하고 싶었다. 이 통화의 끝은 그래야 할 것 같았다. 전화를 받는 순간부터 기다려 준 고양이가 넌지시 말했다.

"들어갈 거지?"

나는 대답도 하지 않고 스스로 지하로 내려갔다. 아까 마이너스 먼데이가 공연을 마치자, 나는 일부러 그들 앞에 나갔다. 나를 본 아빠의 그 충격 받은 얼굴이란. 중간에서 고양이만 난처한 얼굴로 헤헤 웃었다. 나는 그 얼굴을 보면서 두고두고 고양이를 괴롭혀 주리라 다짐했다.

아니나 다를까, 연습실에는 웃음소리가 가득했다. 신문지를 돗자리 삼아 둘러앉아 있는 모습이 소풍 나온 애들 같다. 신문지 한가운데에는 새우깡과 맥주캔이 널려 있었다.

"시후 여친? 빨리 와요. 같이 먹어."

회사원이라던 드러머는 고작해야 이십대 초반이었고, 그저 기분이 좋은 건지 취한 건지 바닥을 뒹굴며 웃었다. 이렇게 화가 나는 상황에서 뜬금없이, '바닥이 꽤 차가울 텐데 저러고 있네?' 하는 생각이 들었다.

아빠는 내 눈치를 보며 콜라 캔을 들이켰다. 어디서 낡아빠진 낚시 의자인지 목욕탕 의자인지를 들이밀었다.

"너는 여기 앉아라."

"됐어."

"앉아. 바닥 차가워."

"아빠 정말 신나 보이던데?"

나는 드라마에 나오는 여자 주인공처럼 비꼬아 말했다. 불륜현장을 적발하고 남자를 궁지에 몰아넣는 역할이다. 이제부터 복수극이 펼쳐지고 남자는 비극을 맞겠지.

구석에 치워져 있던 테이블 위에 맥주 여섯 캔과 눅눅한 바나나킥이 있었다. 맥주도 낮이 용인가? 그런 건가? 뚜벅뚜벅 테이블로 다가가 바나나킥을 한 줌 쥐었다. 부피가 확 줄어든 바나나킥을 입에 우겨 넣고 맥주를 따서 입에 가져갔다. 꿀꺽꿀꺽. 무슨 맛인지도 모르고 목구멍으로 넘어갔다. 시원하다. 시원해. 시원한데 얼굴은 점점 뜨거워졌다. 다 마신 맥주캔은 땅바닥에 냅다 던져 버렸다. 나를 말리러 다가오던 아빠가 그 서슬에 멈칫했다.

"우이씨!"

나는 얼굴을 식히기 위해 다음 캔을 땄다. 이번에도 시원했다. 그런데 얼굴은 더 뜨거워졌다. 열 받아. 정말 왕 짜증. 이제는 아빠 대신 고양이가 다가왔다. 나는 내 팔을 잡아 말리는 고양이 얼굴에 맥주캔을 던졌다. 따악. 경쾌한 소리를 내며 정통으로 이마에 맞았다. 남은 맥주가 뿜어져 나와 사방으로 튀었다. 장관이었다.

속에서 부글부글 끓던 말이 폭발하듯 튀어나왔다. 내뱉지 않고는 뜨거워서 견딜 수 없었다. 나는 신문지 돗자리 위에 털퍼덕 주저앉았다. 고스란히 전해지는 차가운 기운에 엉덩이가 시렸다.

"도대체 왜 그런 거야? 기타가 그렇게 좋아?"

"은새야."

아빠 말 뒤로 눈치 없는 키보드 남자애가 '기타 아니고 베이슨데' 하는 소리가 들렸다. 그 애를 확 째려봐 주었다. 움찔하는 걸 보니 내가 무섭긴 무서운 모양이다. 나는 벌떡 일어났다.

"왜? 무서워? 내가 뚱뚱하고 못생겨서?"

"야, 갑자기 왜 그래? 괜찮아?"

고양이가 내 앞을 막아섰다.

"니가 제일 짜증나! 꺼져!"

이제 좀 속이 풀렸다. 그동안 왜 이렇게 못한 걸까? 화를 뿜고 나니 살이 내 살이 아닌 것처럼 느껴졌다. 마비된 듯 감각이 없다. 이건 껍데기일 뿐일까? 진짜 나는 아니란 말이지? 지금 이렇게 하고픈 말을 다 하는 내가 진짜고 여태까지 주눅 들기만 하던 건 가짜 나다, 이거야.

"취했구나? 그렇지? 은새 공주님, 정신 차리세요오."

이번에는 고양이가 애교를 떨며 장난스레 웃었다. 아, 정말 그 얼굴 치우라고!

"공주는 무슨, 얼어 죽을! 신혜나나 공주지. 나 놀리냐?"

신혜나 얘기가 여기서 왜 나온담. 잘못을 안 찰나 갑자기 머리가 핑 돌았다. 눈앞이 뿌옇고 어지러웠다. 누군가 수면제를 먹인 것처럼 몸에 힘이 빠지고 졸려 왔다. 그리고 눈물이 나왔다. 딱히 슬픈 것도 아닌데 끝도 없이 나왔다.

"은새야, 가자. 집에 가자."

아빠 목소리가 들린 것 같다.

"아빠, 왜 그래……. 엄마한테 왜 그래……."

울음 섞인 내 목소리도 들린 것 같다.

"냐아오옹."

냥이가 내 다리에 몸을 비빈 것 같다.

깨어 보니 깜깜한 차 안이었다. 차는 뻥 뚫린 도로를 달리고 있었다.

"누구?"

운전석에 아빠가 앉아 있었다. 연습실에서 있었던 일이 드문드문 생각났다. 공연, 뒷풀이, 그리고 내가 친 깽판.

"아악."

"깼어? 운전하려고 아빠 아까 일부러 술 안 먹었다. 걱정 말아."

"뭐야? 여기 어디야?"

"이제 서울 들어가니까 금방 집에 갈 거야. 넌 무슨 애가 맥주

한 캔 반에 취하냐? 누굴 닮아서. 쯧쯧. 네 엄마도 안 그런다, 짜샤."

순간 울먹이던 내 목소리가 생각나 얼굴이 달아올랐다. 마구 말한 건 그렇다 쳐도 눈물을 보인 건 창피했다. 차는 좀 더 밝은 도로로 미끄러지듯 나갔다.

"아빠가 원래 음악 하는 게 꿈이었거든."

묻지도 않았는데 아빠가 말을 꺼냈다. 조금 선심을 써서 잠자코 들어주기로 했다. 나중에는 물어도 말해 주지 않을 것 같으니까.

"꽤 잘 쳤어. 데모도 녹음하고 공연도 하고. 그러다가 음반도 낼 뻔했지."

"……근데 왜 안 했어?"

"그게 말이지. 음악이라는 게 웬만큼 잘해서는 안 되는 거거든. 진짜 천재가 아닌 이상 아무리 열심히 해도 최고는 못 된다. 뭐, 그렇게 생각했어. 그때는."

"근데?"

"내가 아무리 하고 싶어 해도 그걸로 먹고 살기는 힘드니까."

"엄마가 잘 벌잖아."

"그때는 또 안 그랬어. 아주 옛날인데. 엄마도 공부 중이었고, 둘 다 잘되리란 보장이 없으니까 누구 하나는 돈을 벌어야 하잖아."

그래서 아빠가 포기했다고? 지금 그게 억울하다고 나한테 말하는 거야?

"엄마한테는 비전이 있었어. 나보다 성공할 확률이 더 있었고, 적어도 엄마가 하는 공부는 투자였지. 나중에 돈을 벌 수 있는 공부였으니까. 하지만 내가 하는 건 몇 십 년을 해도 안 될 수 있는 거였거든. 돈 까먹기지. 돈 까먹기."

아빠가 웃었다. 재미는 하나도 없는데 자기는 재미있나 보다. 아빠의 뒷모습이 쓸쓸해 보였다. 나는 아빠가 무슨 얼굴을 하고 있는지 궁금했다.

"난 가짜가 되기로 했어. 그리고 다시 내 길로 돌아가지 못했지. 그게 누구 때문이었을까?"

"엄마랑 나?"

"나도 그런 줄 알았는데……."

말은 더 이어지지 않았고 침묵만이 찾아왔다. 차창 밖으로 우리 동네가 보였다. 어리광이라도 부리듯 몹시 피곤해졌다. 집에 가자마자 내 안전지대로 기어들어가 잠들어 버리고 싶었다. 아주 푹 잘 수 있을 거라는 기분이 들었다.

아빠는 나를 집 앞에 내려 주고 다시 청주로 차를 돌렸다. 떠나기 전에 아빠는 나에게 말했다. 오늘 알았는데 그게 아니었다고. 앞의 말과 이어지는 대답이었다.

16. 두드리다가 두드리다

아침부터 휴대폰이 울렸다.

시후왕자

모르는 이름이다.
"여보세요?"
"아직도 자?"
"누구세요? 잘못 거신 것 같은데요."
"나야, 은새 공주님."
고양이다. 아, 그러고 보니 고양이 이름이 지후든가 시후든가 그랬다.

"언제 바꿔놨어?"

"내 이름도 모르는 거 같아서. 그나저나 잘 잤우? 숙취는 없으시고?"

"응."

머리가 좀 아픈 거 같긴 하다.

"나 어제 좀 충격 받았다. 니가 날 그렇게 싫어하는 줄은 몰랐어. 어떻게 꺼지라고 할 수가 있지?"

녀석이 불쌍하게 나오니 슬그머니 미안해졌다. 싫어서 그런 것보다는 얄미워서 그랬다는 게 더 맞을 거다. 나를 오해하게 만들었으니 한 대 치지 않은 게 다행이지.

"그렇게 싫은 건 아냐."

"그래? 히히. 그럴 줄 알았어!"

퉁명스럽게 말했건만 뭐가 좋다고 녀석이 낄낄댔다. 아, 단순해. 똑똑해 보일 때도 있는데 이럴 때는 정말 바보 같다.

"학교는 가는 거지? 인터넷 그거 별거 아니야. 안티다 뭐다 그런 데다가 열 내는 애들이 어디 정상이냐?"

고양이 녀석이 뜻밖의 말을 쏟아냈다. 설마 이 녀석이 뭘 아는 건 아니겠지?

"금방 잊혀질 거야. 아, 그렇지. 카페부터 싹 없애. 학교에 소문나 봤자 그거 증거 없음 끝 아냐? 진작 카페 없앴어야 했는데. 계속 긁으면 신혜나 그 여우 내가 혼내 줄까?"

"도대체 어떻게 다 아는 거야? 이게 어떻게 된 거지?"

숨이 멎을 것 같았다. 순식간에 목구멍이 팅팅 불어 조이는 느낌. 숨이 막힌다.

"여보세요? 여보세요? 장은새?"

"……너, 너. 어떻게…… 안 거야?"

"기억 안 나? 어제 울면서 나한테 상담한 거. 아저씨가 차 가지러 갔을 때 니가 다 불었는데. 왜 학교 안 갔는지 궁금하지 않냐 하면서."

아아악. 나는 속으로 소리치며 전화를 끊어 버렸다. 청주에 가서는 내내 그 일에 대해 잊고 있다고 생각했는데, 잊으려고 노력했는데 그게 아니었던 모양이다. 나는 계속 그 일을 담아 뒀고 급기야 술에 취해 쏟아냈다. 그래. 인정하기는 싫지만 나는 그 일로부터 도망치기 위해 청주로 간 것이다. 일부러 다른 고민을 찾아간 것이다.

컴퓨터를 켜고 '엘리스 월드'에 들어갔다. 그렇게 쉽게 클릭하던 카페 링크가 큰 자물쇠로 잠긴 무쇠 문을 여는 것만큼이나 힘들었다. 하지만 나는 마조히스트라도 된 양 그 글이 읽고 싶어졌다. 나를 폭로하고 까발린 글을 읽으며 아프고 싶었다. 그런데 그

글은 보이지 않았다. 내가 잘못 봤나 싶어 제목을 다 살폈지만 그 글이 없었다. 대신 그만큼이나 많은 조회수를 자랑하는 새 글이 보였다.

제목 : 죄송합니다

엘리의 실체 글 올렸던 사람입니다.
제가 잘못 안 부분이 있기에 그 글은 삭제했습니다.

- 장난 치냐?
- 그럼 거짓말?
- 뭐야? 뭐 이래?
.
.
.
- 아웅, 재미없어

사람들은 댓글을 달아 흥분하고 있었다. 하지만 댓글이 밑으로 갈수록 반응이 크게 사그라졌다. 사건은 작은 해프닝으로 남아 있었다. 나는 이상하게 김이 빠져 그냥 컴퓨터를 끄고 학교에 갔다.
"오늘은 왔니?"

언제나 그러하듯 혜나가 반갑게 맞아 주었다. 나는 겁에 질려 주위를 바라봤다. 혜나 친구1이 못마땅한 얼굴로 서 있었다.

엘리스 월드와 엘리에 대해 이야기하는 애들은 아무도 없었다.

"야, 그 글 내가 지우고 거짓말이었다고 글까지 올렸어. 봤어?"

"응. ……왜 그랬어?"

"혜나한테 고맙다고 해. 착한 혜나 아니었으면 넌 끝인데. 괜히 나만 귀찮았잖아."

혜나가 화장실에 간 사이에 혜나 친구1이 다가와 귀띔해 주었다. 어쩐지 혜나님이 화장실 가시는데 안 따라간다 싶더니 나한테 얘기할 기회를 엿보고 있었나 보다. 나는 그 애가 자신이 베푼 선행에 대한 보답을 바란다고 여기고 순순히 따라 주었다.

"고마워."

"쪽팔리니까 다시는 그런 짓 하지 마."

혜나 친구1이 아주 어른스럽게 훈계까지 했다. 나는 그것도 묵묵히 참아 주었다. 언제나 그랬듯이 말이다.

화장실에서 돌아온 혜나가 혜나친구1과 교체선수라도 되듯 웃으며 다가왔다. 혜나도 고맙다는 말을 듣고 싶은 걸까? 하지만 혜나는 아무 말도 안 했다. 그저 웃을 뿐이었다.

수업 시간에도 혜나는 기분이 좋아 보였다. 잘된 일인지 못된 일인지 모르겠다. 혜나에게 무슨 꿍꿍이가 있는 것 같아 불안하다.

마침내 혜나가 자기 연습장에 쪽지를 써서 건넸다.

카페 폐쇄하고 아이디부터 바꿔.
휴대폰 번호도 바꾸고.
시간 지나면 기억하는 사람도 없어.
얼굴도 잊어버릴 거고.
증거만 모두 없애면 소문은 금방 없어져.

이 글만 봐서는 혜나는 진심 같았다. 그런데 왜? 날 못 잡아먹어서 안달이던 혜나가 나를 도와주는 걸까?

내 얼굴을 읽었는지 혜나가 연습장을 도로 가져갔다.

내가 널 좋아해서 도와준다고는 생각하지 마.
이건 거래일 뿐이야.
네가 영원히 입 다물어 준다는 조건으로.

입을 다물어?

연습장이 돌아오지 않았다. 혜나는 작게 한숨을 내쉬었다. 꼭 다행이라고 생각하는 것 같았다. 뭐가? 혜나가 가슴 졸일 이유는 없다. 정말 말 그대로 선심을 썼다고밖에 생각할 수 없다.

나는 혜나가 시킨 대로 집에 돌아오자마자 컴퓨터를 켰다. 그냥 속 시원하게 카페를 없앨까 했지만 엘리가 돌아오면 무슨 말을 할지 걱정이 됐다. 그리고 사건이 터지기 직전까지 내가 이루어 놓은 찬란한 '엘리스 월드'의 모습을 보여 주고 싶은 마음도 있었다. 엘리스 월드를 없애는 게 시원하기보다 섭섭했다.

"이제 다 끝난 거야. 어쩔 수 없어."

카페를 없애는 걸 잠시 미뤄 두고 쪽지함에 있는 쓰레기 같은 쪽지들부터 삭제한 뒤에 하기로 했다. 읽어 보지는 않았지만, 나를 비난하는 내용이 담겨 있으리라는 건 뻔한 일이었다. 그러다가 문득 이름 하나가 눈에 들어왔다. 두드리다. 수많은 쓰레기 쪽지 사이에 두드리다가 보낸 쪽지가 끼어 있었다. 두드리다라면 나를 욕해도 좋다고 생각했다. 엘리와 나, 우리가 벌인 일에 처음부터 끼어 있던 사람이기에 용인할 수 있었다. 두드리다는 그럴 자격이 있는 것이다.

나는 두드리다가 보낸 쪽지만 남기고 모든 쪽지를 지웠다. 깨끗해진 쪽지함에 두드리다만 남았다. 떨리는 손으로 두드리다가 보낸 쪽지를 클릭했다. 딸깍. 마우스 소리가 상쾌했다.

엘리, 연락바람.

무척 짧았다. 나는 잠시 두드리다가 배신감에 휩싸여 욕설을 하지 않은 것에 감동했다. 그리고 두드리다도 글을 남길 수 있다는 점에 놀랐다. 게다가 자신의 전화번호를 남기는 과감함이라니. 분명 두드리다는 아주 멋진 남자일 것이다. 상처 받고 정신이 피폐해진 나를 위로하기 위해 통화를 하려는 게 분명하다. 연, 락, 바, 람. 네 글자 안에 그런 다정함이 느껴졌다.

아침에 꺼 두었던 휴대폰을 쓰다듬었다. 다시 시작이다.

띠리리리.

휴대폰 켤 때 나는 음악소리가 새 출발을 알리는 소리처럼 들렸다.

나는 당장 쪽지에 쓰인 번호로 전화를 걸었다. 뚜르르르. 뚜르르르. 신호가 여섯 번 울리고 나서야 두드리다가 전화를 받았다.

"여보세요?"

"예, 예보세요."

웬 아저씨 목소리였다. 얼른 휴대폰 번호를 확인해 보았지만, 두드리다가 써 준 그대로였다. 그렇다면 두드리다가 사실 아저씨?

"예. 저는…… 에, 엘리인데요."

엘리라고 나를 밝히는 게 이렇게 쑥스럽다니. 만에 하나 잘못 걸린 전화라면 상대가 얼마나 비웃을까?

"아, 엘리."

지적인 목소리가 나를 반겼다. 두드리다가 맞긴 한 것 같은데 어쩐지 이상했다. 저쪽에서 나를 탐색하고 있다는 느낌이랄까, 뭔가 곰곰이 생각하고 있다는 기분이 불현듯 드는 것이다.

"두드리다 님 맞나요?"

또다시 침묵. 저 너머에 있는 두드리다는 나를 의심하는 듯 조심스러웠다. 나는 재촉할 필요가 없다는 걸 깨닫고 한 번 더 되묻지 않았다. 몇 초가 더 지났다. '큼' 하고 숨소리가 들렸다. 그러고는 대뜸 목소리가 들려왔다.

"넌 누구지?"

취조하듯 묻는 말에도 나는 어쩐지 모든 걸 다 털어놓고 싶었다. 그러나 입을 열지는 않았다. 기묘한 일이었다. 상대가 진짜 엘리를 찾고 있다는 걸 알 수 있었다. 내가 아니라 엘리를 데려오라고 말하는 것이다. 이 사람은 진짜 엘리가, 이명자가 존재한다는 걸 알고 있다.

"저는 장은새예요. 엘리 친구입니다."

"나는 명자 아빠다. 도대체 우리 애는 어디 있지?"

역시 그랬다. 예전에 잠깐 통화했던 명자의 아빠다. 명자를 때렸던 그 아빠다. 나는 이 사람이 만들었던 하얀 바탕에 놓인 검푸른 멍들을 생각했다.

"제발 우리 애가 어디로 갔는지 알려 줘. 난 모든 걸 후회하고 있다. 다 내 잘못이야."

여전히 목소리에 의심을 담고 있었지만 힘이 쭉 빠진 느낌이었다. 어쨌든 이 사람은 내 친구의 아빠인 것이다. 그는 내내 인터넷에서 엘리가 살고 있는 모습을 지켜보았다. 몸은 가까운 곳에 있지만 자신을 숨기고 아주 멀리 숨어 있었다. 아마 폭로 사건이 터지기 전까지 나를 진짜 엘리인 명자로 생각했을 것이다. 가출한 엘리가 잘 있다는 것을 내 게시물과 댓글로 확인했을 것이다. '엘리의 실체'가 다른 누구보다 두드리다에게 큰 충격을 주었으리라는 건 당연한 사실이다.

그럼에도 불구하고, 정작 엘리 역할을 수행하고 있던 나는 아무 대답도 할 수 없다. 명자는 나를 대타로 세워 두고 어디로 간 걸까? 내가 모른다면 누가 알지?

두드리다는 다시 한 번 말했다.

"내 딸은 어디로 사라진 거지?"

이번에도 내가 대답할 수 없는 질문이었다. 두드리다도 그걸 알았다. 나는 컴퓨터 모니터를 뚫어져라 바라봤다.

엘리스 월드

이런 세상이 나에게 무엇을 주었는가. 엘리에게, 두드리다에게 무슨 의미가 있을까.

나는 전화기를 든 채로 엘리가 만든 세상을 하나씩 지워나갔다. 회원도 글도 모두 날아갔다. 이번에는 눈물이 나오지 않았다. 그것보다 더 쓸쓸한 기분이다. 두드리다에게도 쓸쓸함이 전달되는지 묻고 싶었지만, 나는 묻지 않았다. 전화가 끊어지지 않았다는 건 가끔 들리는 한숨소리로 알 수 있을 뿐이다.

내가 지우는 엘리는 나도 아니고 명자도 아니다. 그런데도 누군가를 없애는 기분이 들었다. 내 엘리의 역사와 기억은 그렇게 하나씩 마우스를 딸깍대는 소리와 함께 사라져 갔다.

17. 엘리 **여행기**

진짜 엘리가 돌아온 건 딱 사흘 뒤였다.
"안녕?"
엘리는 마치 방학을 마치고 돌아온 사람처럼 아무렇지도 않은 얼굴로 나타났다. 흔들흔들. 내 눈 앞에 엘리 손이 흔들렸다. 나는 얼떨결에 그 손을 잡았다. 엘리는 자신이 허깨비가 아님을 증명하려는 듯 내 손을 꽉 쥐었다가 놨다.
"야, 어떻게 된 거야……"
엘리가 돌아오길 기다리고 또 기다린 나지만, 막상 진짜 돌아올 일에 대해서는 생각해 본 적이 없었다. 나는 어떤 표정으로 어떤 말을 해야 할지 몰라 당황스러웠다. 드라마에서는 이런 때 잘 왔다고 무척 반기든가, 오히려 화를 내며 왜 연락도 안 했냐고 꾸짖던데 드라마는 드라마일 뿐, 겪어 보니 현실에서는 그렇게 쉬이 반응이 나오질 않았다.

"나 온 거 안 좋아?"

외모가 달라진 건 없었지만, 엘리는 묘하게 달라 보였다. 꼭 다른 사람이 되어 돌아온 것 같았다. 얇고 투명한 막 한 껍질을 벗었다고 할까? 같지만 다른 엘리가 내 눈앞에 있었다. 수많은 물음표가 눈앞에 떴지만, 혜나가 나를 바라보는 걸 아니까 아무것도 물을 수가 없었다. 카페 사건 뒤로 혜나는 나를 내버려두었다. 하지만 일부러 꼬투리를 잡힐 건 없다.

생각보다 엘리는 치밀했다. 무단결석 일수를 초과하기 전에 돌아온 덕에 학교에 남을 수 있었고, 당분간 학주에게 출석해서 얼굴을 비추는 걸로 끝이 났다. 두드리다가 뭘 어떻게 했는지는 몰라도 학교에서는 엘리의 가출을 크게 문제 삼을 생각이 없어 보였다. 단지 실업계 고등학교에 원서를 넣는 기간이 끝난 상태라는 게 엘리에게 불리하다. 엘리 성적을 봐서는 인문계 커트라인이 간당간당하다. 학교도 잘 안 나온 엘리가 곧 있을 연합고사에서 갑자기 좋은 성적을 받을 리 없다.

학교가 끝난 뒤 엘리는 담임에게 불려갔다. 나는 참을성 있게 기다렸다. 집에 오고 가는 시간만이 단둘이 있을 기회다. 전에는 몰랐는데 학교에는 눈과 귀가 너무 많다.

엘리는 '엘리스 월드'가 사라진 걸 알고 있었다.

"보고 있던 거야?"

"가끔."

얼굴이 화끈 달아올랐다. 사라진 이유를 묻지 않는다는 건 역시 그 사건에 대해 알고 있다는 거니까. 나를 믿고 엘리스 월드와 '엘리'라는 이름을 빌려 준 걸 후회하고 있지는 않을까 걱정이 되었다. 나는 이름을 더럽혔고, 엘리의 세상을 망가뜨린 것이다. 소중히 여겨 주고 가꾸길 바랐을 터인데, 나는 그걸 뻔히 알면서도 내 마음대로 해 버렸다.

변명만이 내 몸속을 떠돌았다.

"그게 말이야…… 내가 일부러 그런 게 아니라……."

"야! 넌 친구가 여행을 다녀왔는데 어떤 여행을 했을까 궁금하지도 않아? 네 여행기는 내 얘기 듣고 해. 여행은 내가 먼저 떠났으니까."

엘리 목소리가 컸다. 이제야 내가 아는 엘리 같았다. 조금은 안심이 되었다.

우리는 공원 아지트로 갔다. 감춰진 벤치에 앉아 긴 이야기를 듣고 싶었다. 이제 풀 공룡은 다 떨어져 나가 흉측스러웠지만, 그래도 거기밖에 없었다.

"풀 깎았나 보다. 이번에는 뭐지? 외계인?"

며칠 사이에 공룡 머리가 아예 잘려 나가 있었다. 재미 하나도 없는 둥그스름한 모양으로. 흉물스럽다고 잘라 낸 모양인데, 깔끔한 건 좋았지만 이제는 밖에서 안이 들여다보였다. 더는 아지트 느낌을 자아내지 못했다.

"아!"

먼저 들어선 엘리가 소리를 질렀다. 공룡머리가 사라진 것보다 더 나쁜 일이 벌어졌다. 안이 휑하니 비어 있었다. 벤치가 없다!

"어떻게 된 거야?"

"몰라. 저번엔 있었는데."

우리는 다른 곳에 벤치를 가져다 두었나 싶어 공원 곳곳을 찾아보았지만 다 똑같이 생긴 벤치 중에 어떤 게 우리 것인지 알 수 없었다. 두리번거리는 나를 파워워킹을 하는 사람들이 이상하게 바라봤다. 내 눈에는 손바닥을 딱딱 쳐가며 빨리 걷는 당신들이 더 이상해 보인다고! 나는 벤치를 잃은 슬픔을 그들을 비난하는 걸로 승화하며 우리 아지트로 들어갔다. 엘리는 벤치가 있던 자리에 치마를 입은 그대로 털썩 주저앉았다.

"없으면 어때? 안 그래?"

"너 터프해졌구나?"

"여행의 결과 중 하나지."

나도 바닥에 앉았다. 교복치마는 빨면 된다. 빨수록 번들거린다 하여도 어쩔 수 없다. 곧 나는 고등학생이 될 테고 이딴 옷은 벗어 버릴 것이다.

"시작할까? 내 얘기."

고개를 끄덕였다. 끄덕이고 또 끄덕였다. 머리가 떨어져나가도록 계속 주억거렸다. 내 친구 엘리의 이야기를 듣고 싶다. 내내 기다려온 일이다.

엘리는 이야기를 시작했다.

옛날 옛날에 엘리라는 아이가 살았어. 원래 엘리는 참 행복한 아이였지. 엄마 아빠 사랑을 듬뿍 받았거든. 엄마는 천사 같았고, 아빠도 자상했어. 집안에는 웃음이 끊이질 않았지.

그러던 어느 날이었어. 엄마가 진짜 천사가 된 거야. 어떻게 그런 일이 있냐고? 글쎄, 그런 일이 있더라고. 그날은 엘리가 중학생이 돼서 교복을 맞춘 날이었어. 바로 집 앞이 학교라서 교복 집도 가까웠거든? 그런데 그 교복 집은 엘리가 원하는 브랜드가 아니었던 거야. 엄마는 그냥 맞추자고 했지만, 엘리에게는 그런 시시한 일이 아주 중요한 문제였지. 하릴없이 엄마는 사랑하는 딸을 위해 버스로 다섯 정거장 거리인 백화점에 갔어. 엘리는 교복 행사 매장에서 교복을 맞췄고, 모녀는 맛있는 과일주스도 한 잔씩

사 먹고 백화점을 나왔어.

일이 벌어진 건 그때야. 백화점 뒤쪽 골목에서 갑자기 화물 오토바이가 튀어나왔고 재수 없게도 엄마를 덮친 거야. 더 재수 없었던 건 하필 머리를 땅에 부딪친 거였지. 엄마는 그렇게 천사가 되었어.

……．

왜 그런 눈으로 봐? 아직 이야기는 끝나지 않았어. 그 뒤에도 이야기가 있다고.

엄마가 가 버린 건 다 엘리 때문이야. 그렇지? 아니라고? 에이, 사실은 너도 그렇다고 생각하잖아. 주위 사람 모두 다, 심지어 엘리도 그렇게 생각했는걸.

엘리는 아빠도 그렇게 생각한다고 여겼어. 실제로 아빠는 사고 뒤로 엘리를 똑바로 바라보지 않았어. 엘리와 아빠는 점점 다투는 일이 잦아졌지. 항상 셋이 있던 집에 둘이 있으니 어색했어. 둘만 남겨진 적이 한 번도 없어서 무슨 말을 해야 할지도 어려웠으니까 말 다 했지. 둘은 거의 말을 주고받지 않았어. 싸울 때만 했을 뿐이야. 서로에게 상처를 주고 책임을 떠넘기는 말을. 급기야 아빠는 술에 취하면 엘리를 때렸지. 당연히 엘리는 아빠가 자신을 싫어한다고 생각했어. 그래서 엘리는 여행을 떠났어.

여행은 힘들었어. 아무것도 없이 모든 걸 혼자서 해야 했으니까. 엘리는 일을 했고, 때로는 거지처럼 지냈어. 사실 세상에 나와 보니 엘리 같은 애들이 많았어. 처음에는 그 애들과 함께하려 했지만, 엘리는 곧 알았어. 그 애들도 적이고 경쟁자라는 사실을. 세상에 나오면 결국 내 편은 나뿐이라는 것을.

이 여행에 대해서는 자세히 말 안 할게. 그건 나중에 엘리가 책으로 쓸 거야. 엘리는 자신의 경험을 일기로 남겼어. 그리고 한 가지 꿈을 가지게 되었지. 때가 되면 그걸 사람들에게 읽혔으면 좋겠다. 엘리가 진짜 엘리가 되는 과정을 언젠가는 공개할 테다.

아, 이것만은 말해야겠다. 여행 중에 엘리가 자신이 누구인가를 어렴풋이 깨달았을 무렵, 엘리는 두드리다에게서 쪽지를 받았어. 엘리 대역이 한바탕 무슨 일인가…… 큭. 이 부분도 생략하고 말할게. 다 알 테니.

여하튼 그런 일이 있었을 무렵, 받은 쪽지야. 그건 아주 구구절절한 편지였어. 신파가 따로 없었지. 어떤 아빠가 딸 친구에게 보내는 속마음이었어. 자신은 죽음을 딸 탓으로 여기는 게 아니다. 그저 딸을 어떻게 해야 할지 모르겠다. 그래서 몰래 지켜봤는데, 네가 내 딸이 아니라니 지금 혼란스럽다. 아마 술이라도 취한 거겠지? 그 아빠도 주책이지 않아? 딸 친구에게 말이야. 그걸 먼저 본 엘리는 딸을 사랑하는 아빠 마음이 듬뿍 담긴 쪽지를 삭제했어. 아무도 모르게 증거를 없앤 거야. 대신 이제 여행이 끝났음을 알았지.

그렇게 엘리는 돌아왔단다.

엘리는 자기 무릎을 당겨 끌어안았다. 무릎에 얼굴을 묻고 콧노래를 불렀다. 깡마른 팔이 얼굴을 가리고 있었다. 두드리다가 나에게 보냈지만 나는 읽지 못한 그 쪽지가 궁금했다. 엘리를 움직인 그건 무엇이었을까?

"어쨌든 해피엔딩인 거지?"

"그래. 이렇게 누군가에게 얘기하는 걸 보면 그런 거 같아."

"다행이다."

"이제 네 이야기를 해 봐. 무슨 일이 있었니?"

엘리는 긴 이야기를 간추리는 데 소질이 있었다. 하지만 난 아니었다. 누군가에게 정리해서 말할 자신이 없었다. 더 시간이 지나면 하나의 이야기가 될 수도 있겠지만. 한 가지 분명한 건 내가 일으킨 가짜 엘리 사건 때문에 두드리다가 쪽지를 보냈다는 것이다. 그것만으로 조금은 마음이 나아졌다.

"난 다음에 얘기할래. 내 여행은 아직 안 끝난 거 같거든."

"그래? 그럼 너도 정리되면 나중에 책으로 낼 거야?"

"그럴지도."

주위가 껌껌해졌다. 우리는 엉덩이를 털고 일어났다. 집으로 가는 길. 나는 내내 내 책에 대해 생각했다. 글 솜씨도 없거니와 책으로 낼 만큼 대단한 일도 아닌 듯했다. 물론 나에게는 큰일들이었지만, 읽는 사람들은 재미가 없을 것만 같다.

18. 내가 **모르는** 일

학교는 학기 말로 잘 날아가고 있었다. 이제 곧 고입선발고사였고, 진작 실업계로 진로를 결정한 애들도 꽤 됐다. 인문계로 갈 아이들은 커트라인만 넘기는 점수를 받으면 되었기에 굳이 열심히 공부하지 않았다. 나 역시 그랬고 평범하고 따분한 나날이 이어지리라고 여겼다. 점심시간에 담임이 날 부르기 전까지는 확실히 그렇게 생각했다.

"장은새?"

담임 곁에는 학주도 있었다. 학주가 내 명찰을 확인했다. 학주가 내 이름을 부를 날이 오다니 두렵기보다 놀라웠다. 잘못한 건 하나도 없었기에 궁금증이 앞섰다.

내가 나임이 확인되자, 학주는 나를 데리고 상담실로 들어갔다. 안에는 아무도 없었다. 상담실은 학주가 날라리들을 잡을 때 주로 이용하는 곳이다. 위협적인 공기가 둥둥 떠다녔다. 하지만 나는 누가 봐도 얌전한 모범생이다. 학주가 괴롭히는 대상과는 거리가 멀다. 그리고 떳떳하다.

"9월 첫째 주 주번이었지?"

뜬금없이 웬 주번 이야기? 학주가 다른 반 주번까지 관리하다니 의외다. 나는, 잘 기억은 안 나지만 학기 초에 주번을 했으니 맞을 거라고 대답했다.

"그 소문에 대해서는 알 테고. 모두 아니까 말이야. 그치?"

학주가 다 안다는 듯 본격적으로 취조하기 시작했다. 안타깝게도 나는 그 소문이 무슨 소문을 말하는 건지 퍼뜩 기억나지 않았다.

"설마 모른다는 건 아니겠지? 누구랑 누구랑 교실에서, 해서는 안 되는 짓을……"

"아."

"그래. 그거 말이야. 흠흠."

학주는 의외로 부끄러움이 많았다. 우락부락 외모에 안 어울리게 쭈뼛댔다. 아이도 어른도 아닌 나를 대하는 게 그렇게 어색한 일인가 보다. 어른도 아이도 아닌 내 앞에서 '섹스'에 대해 말하는 게 그렇게 어려운 일인가 보다.

"그런데요?"

"주번 할 때 본 게 있나 해서 말이야."

"제가요?"

"그래. 너지 누구겠어?"

돌아가면서 하는 주번이라는 게 그렇게 대단한 직책인지 몰랐다. 반장은 아무나 못 해도 주번은 아무나 하는 일 아닌가. 잘 기억이 나지는 않았지만, 아무 일도 없었던 건 분명하다. 적어도 소문의 주인공을 본 건 아닌 게 확실하다. 봤다면 잊었을 리 없을 테니 말이다.

"아무것도 못 봤어요."

"그래? 금요일에는 어땠어?"

"금요일이요?"

"그날 있었던 일을 한번 말해 볼래?"

"기억날 리가 없잖아요!"

내 입에서 큰 소리가 나왔다. 나도 놀랐다. 속에서 울컥 치밀어 오르는 걸 막을 도리가 없었다. 금요일이든 토요일이든 내가 뭘 했는지 학주가 알 권리는 없다. 생각해 보니 학교에서 있었던 일이라고 해서 누군가의 애정행각을 학주가 알 권리도 없다.

"뭐야? 뭐 알고 있는 거야?"

"알긴 뭘 알아요? 사람 귀찮게 하니까 그렇지."

나답지 않은 반항의 연속이다. 하지만 이렇게 말해야 속이 풀릴 것 같았다. 내 속에서 뭔가 일렁이고 있었다. 꼭 파도 같은 게. 나를 꽁꽁 가두고 묶어 두었던 사슬이 뚝뚝 끊어지는 느낌이랄까.

"이 자식. 모범생이라고 해서 잘 말해 보려고 했더니 아주 못돼 먹었네. 이제 중딩 생활 끝난다 이거냐? 김 선생한테 지켜보라고 해야겠어."

학주 얼굴이 붉으락푸르락해졌다. 나를 보는 눈빛이 꼭 우리 반 날라리 삼인방을 보는 선생들 눈빛과 똑같았다.

"가 봐. 입 다물고."

나는 마음을 꾹꾹 눌러 사슬을 채운 걸로 위장했다. 그러지 않고서는 학주가 나를 순순히 보내 줄 것 같지 않았다. 최대한 예의 바르게 꾸벅 인사를 하고는 상담실을 빠져나왔다. 학주는 소문의 여자 주인공을 찾기 위해 점심시간마다 날라리들을 집합시킨 걸로 모자라, 그 시기 주번을 했던 아이들을 불러들이기 시작한 것이다. 1학년 1반부터 차례차례 한 반씩 뒤지며 조사를 해 온 것이다. 참, 할 짓도 없다. 주번 같은 건 아무나 하는 거고, 일찍 도망가는 아이들도 허다할 텐데 말이다.

일찍 가는 애들?

순간 주번을 했던 주 금요일이 떠올랐다. 그날은 좀 특별한 날이었다. 내가 교실 문을 잠그지 않은 유일한 날이었기 때문이다. 그럼 누가 교실 문을 잠갔지? 머릿속이 빠르게 돌아갔다. 누군가에게 열쇠를 건네주고 다른 날보다 일찍 집으로 돌아갔던 그 기분 좋은 느낌. 나는 집으로 돌아가며 이렇게 중얼거렸다.

"얼굴도 예쁜 게 착하네."

신혜나. 나와 같이 주번을 한 혜나는 공교롭게도 그 주에 피아노 콩쿠르 연습과 겹쳤다며 내내 일찍 집에 갔다. 그래서 열쇠당번은 자연스레 내가 되었고, 나는 속으로 투덜거렸다. 일찍 가는 애들은 따로 있냐면서. 착한, 아니 그때까지 착하다고 생각되었던 혜나는 몇 번이나 미안하다는 말을 건넸다. 그런데 금요일에 갑자기 혜나가 열쇠를 달라고 한 것이다.

"미안해서 오늘 연습은 취소했어. 오늘은 내가 문 잠글게."

다정하게 말하는 그 얼굴이 얼마나 천사 같은지 잠깐 감동했던 기억이 난다.

왜 하필 그게 금요일일까? 만약 내가 학주에게 이 일을 떠들었다면 혜나는 다시 상담실에 불려가야 할 것이다. 그런데 혜나가 뭔가 봤을까?

교실로 돌아와 보니 교실 뒤쪽에서 혜나 혼자 삼인방에게 둘러싸여 있고, 혜나 추종자들은 멀찌감치 떨어져 구경꾼처럼 서 있었다. 벌써 무슨 일이 벌어진 걸까? 문득 언젠가 공원 벤치에서 엿

들었던 삼인방의 대화가 생각났다. 소문을 낸 장본인을 찾아 범인을 잡아낼 거라는 말. 괜히 짱이 아니었다. 끈기와 노력으로 추적해 내 결국 알아낸 것이다.

"너 같은 년이 더 무섭다니까."

삼인방 중 짱이 혜나 머리를 거칠게 밀며 말했다. 혜나는 아무 말도 하지 않고 입술을 깨물었다. 내가 다가가니까 그들이 나를 바라봤다. 예전 같으면 자리를 피했겠지만, 그러고 싶지 않았다. 평소에는 희희덕대며 꼬이던 혜나 추종자들 하는 꼴을 보니 욕지기가 치밀었다. 위험한 상황이 되니까 물러서서 구경꾼 노릇을 하겠다고? 나도 이제 비겁하게 물러서고 싶지 않다. 하고 싶은 대로, 내가 바라는 대로 살 거다.

나는 혜나에게 가까이 다가가 어깨를 툭 쳤다.

"신혜나."

"야, 넌 또 뭔데?"

"혜나랑 할 말이 있어서 그러는데?"

나는 짱의 눈을 마주 보았다. 눈길을 피하거나 고개를 숙이지 않았다. 그게 나한테는 아주 어려운 일이었지만, 잘 참아 냈다. 이윽고 짱이 물러섰다.

"아씨, 됐다. 가자."

삼인방이 교실을 빠져나갔다. 그제야 혜나 추종자들이 혜나에게 몰려들었다. 혜나는 싸늘한 얼굴로 그 애들 손길을 뿌리쳤다. 혜나야, 괜찮아? 가식적인 목소리에 혜나 역시 치가 떨린 걸까? 늘 그들에게 팬 서비스처럼 흘리던 거짓웃음을 짓지 않았다. 흐트러진 머리도 정리하지 않았다.

"혜나야. 혜나야."

이제 추종자들 목소리가 징징대는 걸로 들렸다. 혜나는 그 애들을 놔두고 나에게 왔다.

"할 말이라는 게 뭐니?"

"너도 학주한테 갔었지?"

"그래. ……너 이제 와서 나랑 그날 얘기를 하고 싶다는 거야?"

이제 와서가 아니다. 나는 여태 아무것도 몰랐던 것이다. 게다가 지금도 뭐가 뭔지 잘 모르겠다. 단지 혜나가 돌변하여 나를 적처럼 대했던 일이 이 일과 어떤 연관을 가진다는 느낌이 들었다. 나는 바보였다. 모든 일에는 이유가 있는 법인데, 나는 그걸 완전히 무시했다. 그저 나를 경계하고 감시하는 혜나가 이상하게 보였을 뿐이다.

우리는 처음으로 학교가 끝난 뒤에 만나기로 했다. 우리 동네도 아니고 혜나네 동네도 아닌 어느 시장 앞 놀이터. 혜나가 정한 장소였다.

혜나는 나보다 먼저 와 있었다. 놀이터는 꼬맹이들로 북적였고,

아주 시끄러웠다.

"안 시끄러워?"

"괜찮아. 이게 더 좋아. 그래야 말이 안 새 나가지. 무슨 말인지 하기나 해."

망설일 필요가 없다. 조금이라도 빨리 내가 모르던 일을 알고 싶으니까.

"혹시 그 일…… 너야?"

혜나가 얼굴을 일그러뜨렸다. 찌푸린 얼굴은 하나도 예뻐 보이지 않았다.

"아까 걔들도 안 거지?"

"그래서 어쨌다는 거야? 니가 입 다물어 준 게 헛수고가 돼서 속상하기라도 하니?"

"그런 게 아니야."

"그래? 그럼 뭐야? 여태 모른 척했으면서 갑자기 이러는 이유가 뭔데? 모른 척, 순진한 척. 아무것도 모른다는 얼굴로 날 볼 때마다 얼마나 짜증나는 줄 알아? 뒤로는 소문을 퍼뜨렸으면서. 그것도 실제와는 다르게 부풀린 소문을! 난 니가 정말 싫어!"

할 수만 있다면 한 대 때려 주고 싶었다. 하지만 여태까지 내가 몰랐던 것처럼 혜나도 모르기 때문에 저렇게 화를 내는 것이다. 확실히 해야 공평해질 것이다.

"신혜나, 난 정말 아무것도 몰랐어. 어떻게 된 거야?"

"뭐? 그걸 지금 나보고 믿으라는 거야? 그러고 보니까 오늘 너 말 참 길게 한다? 다 끝나니까 살판이 나니?"

끼익끼익 낡은 그네가 내는 소리에 가슴이 답답했다. 모든 이야기를 다 할 수는 없겠지만 어떤 말을 한다고 해도 혜나는 전혀 받아들이려 하지 않을 것이다. 최근 몇 개월 동안 나에게 일어난 일들이 하나하나 떠올랐다. 잊을 수 없는 중학교 끝 무렵. 혜나에게 3학년 2학기는 어떤 것일까? 혼자만 떨어야 하는 악몽 같은 시간이 아니었을까? 그런데 그게 내 탓은 아니잖아. 나보고 어쩌라고?

"난 정말 몰라!"

"그런데 그 공책은 뭐니? 소리가 나서 나가 보니 떨어져 있던데? 3학년 4반 장은새가 너 말고 또 있어?"

머릿속에서 번쩍하고 섬광이 일었다. 왜 내 공책이 거기 있었는지는 의심할 여지가 없었다. '그 애'가 빌려 갔던 숙제 공책을 가져다 두러 왔던 것이다. 아마 농구를 하느라 잊었다가 늦게 왔으리라.

"나 아니야. 아니야."

나는 넋이 나간 사람처럼 중얼거렸다. 억울하다기보다 어이가 없었다. 그깟 공책 때문에.

혜나는 먼 산만 보고 앉았다가 갑자기 손바닥에 고개를 파묻었다. 한참동안 끼익끼익 소리에 섞여 흐느끼는 소리가 들려왔다. 나는 못 들은 척하며 그대로 앉아 있었다.

혜나가 고개를 들었다. 예쁜 얼굴에 눈물과 머리카락이 범벅이 되어 붙어 있었다.

"너만 아니면 아무것도 아닌 일이었어. 그걸 네가 보고 더럽게 소문을 내는 바람에 망가진 거야."

"더럽게? 그럼……."

"사랑하는 사람과 안고 키스하는 게 그렇게 이상한 일이야? 넌 나를 질투했을 거야. 그렇지? 넌 죽어도 멋진 대학생 오빠랑 그럴 수 없을 테니까. 그래서 소문을 부풀려서 내 약점을 잡으려고 한 거야."

"아냐. 너 어떻게 그런 생각을 할 수가 있어?"

나는 혜나가 무서워졌다. 여태까지 나를 괴롭힐 때보다 훨씬 더. 겉보기에는 완벽하고 밝은 혜나가 이렇게 상대를 오해하고 비틀어진 상상을 할 수 있다니.

"백화점에서 오빠 봤을 때 너 비웃고 있었지?"

혜나와 싸우던 그 남자가 생각났다. 혜나는 자기 친오빠라고 했는데.

"나 그날 바로 헤어졌어. 그것도 다 너 때문이야. 소문 때문에 오빠가 미워 미칠 것 같았어. 나를 데리러 온다고 하지만 않았어도. 교실에서 키스해 보는 게 소원이라고 하지만 않았어도 나에겐 아무 일도 없었을 거야. 너 같은 걸 무서워할 필요도 없었고, 불안해할 필요도 없었을 테니까. 하필 너라서 수치심이 일었어. 우리 반에 너 같은 거 있는지도 모르고 살았던 내가, 우리 반에서 가장 예쁜 내가 왜 너를 신경 써야 하니? 난 소문보다 네 눈이 더 싫었어. 나라는 걸 알면서도 모른 척 착한 척 나를 보는 네 눈 말이야. 네가 정말 미워."

정말 싫다. 혜나는 강한 척, 잘난 척은 혼자 다 하면서 사실은 바보에 겁쟁이였다. 마당에 떨어진 작은 불씨 때문에 집이 다 타 버렸다고 착각하는 멍청이다.

"정신 차려, 신혜나!"

어느새 나는 벌떡 일어나 혜나가 탄 그네를 잡아 흔들고 있었다. 그리고 바보 같다고 중얼거리고 있었다. 혜나가 차가운 그 손으로 내 손을 잡아 멈추었다.

"별거 아니라고? 너도 알잖아? 너도 별것도 아닌 엘리인지 엘리스인지로 괴로워했지? 연예인들이 사실도 아닌 루머 때문에 힘들어하는 건 왜일 거라고 생각하니? 남의 일이라고 함부로 생각하지 마. 당사자가 되어 보지 않고는 이해 못해."

혜나가 그네에서 일어섰다. 나는 잡을 수가 없었다. 내 괴로움이 생각나는 동시에 혜나가 느끼는 괴로움이 조금은 이해가 되어서. 그것도 내가 본의 아니게 가해자 노릇을 하고 있었다니. 검은 그림자가 쫓아와 막다른 길로 몰았을 때 혜나는 들리지 않는 비명을 질렀을 것이다. 도망을 가려고 해도 몸이 잘 움직이지 않는 악몽. 벌거벗고 나를 조롱하는 자들 앞에 세워진 비참함. 나도 잘 안다. 차라리 죽어 버릴까 생각할 만큼 괴로운 일이다. 그렇지만 너는 잘난 혜나다. 내가 부러워할 만한 머리와 몸을 다 가지고 있는 신혜나.

바보. 바보. 혼자 잘난 척, 도도한 척 다 하더니 도망을 가려 한다. 비겁하다. 이건 어차피 살아갈 날들 중에 찰나일 뿐인걸. 커다란 내가 내려다보고 있다고 생각하면 그저 개미만큼 작은 내 한 부분일 뿐인걸. 남들에게서 자신을 보호하기 위해 친 높은 담벼락 때문에 나가지도 못하고 허우적대지 마.

나는 많은 말을 몸속에서만 맴돌게 한 뒤 겨우 한마디만 뱉어 냈다.

"난 아냐."

혜나가 잠깐 멈춰 섰다. 하지만 돌아보지는 않았다. 아마 혜나는 내가 소문을 낸 장본인이 아니라는 것을 조금은 느끼고 있는지도 모른다. 그냥 원망할 사람이 필요했는지도 모른다.

노을 져 길게 드리워진 혜나 그림자를 보고 있노라니 내 눈앞에 영화처럼 그날 일이 펼쳐졌다. 예쁜 소녀가 교실에 혼자 있다. 소녀는 모든 면에서 완벽했고, 이제 막 사귀기 시작한 첫사랑에 살짝 들떠 있었으리라. 아름답고 장난기 어린 그들의 입맞춤. 하지만 그곳에는 그들만 있는 것이 아니다. 또 하나의 눈. 재미있는 추억이 되어야 했던 그날이 누군가의 혀에 의해 엉망이 된다. 혀에는 혀가 쌓이고 그럴수록 추억은 변질되어 악몽이 되어 간다. 그리고 악몽은 소녀를……

엘리스 월드에서 노닐던 엘리가 떠올랐다. 혜나도 언젠가 자신이 만든 세상에서 탈출할 때가 올 것이다. 그래야 한다. 클릭 하나로 지울 수 없는 세상이기에 더 힘들고 어려울 테지만.

19. 다음 여행을 위해

결국 혜나는 학교를 나오지 않았다. 겨울방학이 코앞이기에 이제 우리는 고등학생이 되기만 기다리면 되었지만, 혜나가 갑자기 학교를 그만두었다는 소문이 반에 퍼졌다. 출석 일수는 채웠기 때문에 졸업이 된다 하여, 담임이 부모와 상의해서 그냥 결석으로 처리한다는 말이 나돌았다.

어쨌든 혜나는 아이들의 따가운 시선을 감당해 낼 수 없기에 도망치는 걸 선택했다. 이제 얼굴을 볼 수 없다는 사실만은 확실했다. 반 아이들은, 특히 혜나 추종자들은 혜나가 사라진 것에 대해 두고두고 말이 많았다. 불치병에 걸렸다느니 외국으로 유학을 갔다느니, 참 남의 일에 관심도 많다.

그렇다. 소문의 주인공이 혜나라는 사실은 밝혀지지 않았다. 학주에게 혜나를 갖다 바치겠다던 삼인방이 입을 다문 것이다. 사실 홧김에 그런 말을 한 것이지 그 애들은 학주에게 붙을 만큼 의리가 없진 않았다. 진정한 날라리? 아니면 그냥 시시했는지도 모른다.

소문은 그렇게 사라져 갔다.

주번까지 모두 훑은 학주는 소문이 사라져 가면서 수색을 포기했다. 애들 헛소문이나 믿는다고 교감에게서 한 소리 들었다는 이야기도 있었다. 학주는 심증이 가는데 물증이 없다며 이를 갈았다는데, 내가 보기에도 쓸데없는 데 집착하는 게 진짜 사이코임에 분명하다. 학주가 그렇게 물고 늘어지지만 않았어도 진작 사라졌을 소문이다.

엘리와 나는 공원 한가운데 볕이 잘 드는 벤치를 새 아지트로 삼았다. 과자라도 뿌리면 뚱뚱한 비둘기 몇 마리가 날아왔다. 우리는 이 벤치가 공룡 자리에 있던 그 벤치라고 믿기로 했다.

"넌, 어떻게 생각해?"

"뭐가?"

"그 소문. 너도 알지?"

"그딴 거 할 일 없는 학주나 신경 쓰는 거잖아. 아무렴 어때. 남의 일인데."

"그렇지?"

맞다. 소문은 소문일 뿐이다. 처음부터 아이들은 그냥 농담거리로 소문을 입에 올렸고 그걸 진지하게 생각하는 애들은 아무도 없었다. 물론 소문 속 여주인공과 처음 소문을 퍼뜨린 장본인만 빼고.

"혜나는?"

"혜나? 그 깡마른 애?"

"응. 걔는 어디로 갔을까?"

"뭐, 알아서 하겠지."

엘리는 혜나에 대해 간단히 평하고 관심을 돌렸다. 역시 엘리다.

나는 안다. 혜나 마음을 50퍼센트 정도는 이해할 수 있다. 남들에게는 그다지 대단하지 못한 일도 본인에게는 큰 아픔이라는 것을. 마치 손가락을 베인 별것 아닌 상처처럼. 혜나는 혼자 그걸 이겨 내기 위해 싸울 것이다. 그토록 얄미웠던 혜나가 왠지 보고 싶다.

"몇 층을 먼저 가나?"

방학을 하고 난 일요일 오전, 백화점에 갔다. 엄마는 또 어딜 가서 뭘 먼저 사야 하나 고민 중이었다. 정말 못 말린다. 저번 주에 다녀가 다음 주나 되어야 올 아빠가 갑자기 올라오겠다고 연락을 했다. 엄마는 걱정스러운 얼굴을 하고 그 불안함을 쇼핑으로 풀었다.

"아빠가 무슨 말 할 거 같니?"

"몰라."

"할 말 있다고 하던데 영 불안하네. 도대체 무슨 말을 하려고."

아저씨 드디어 결심
커밍아웃 하실거래!
너네 엄마기절하는 거
아님?

고양이에게 문자로 귀띔을 받았지만, 나는 모른 척했다. 사실 아빠는 얼마 전 서울에 다른 직장을 구했다. 야근도 없고 출장도 없고 지방 발령도 없는 좋은 직장이다. 우리 가족은 다시 같이 살 수 있다. 정말 좋지 않은가? 아빠가 이 사실을 엄마에게 말하기를 주저한 이유는 단 하나, 아빠의 월급이 절반으로 줄기 때문이다.

하지만 내 생각은 조금 다르다. 엄마는 다른 이유 때문에 충격을 받을 것이다. 여태까지 그런 생각들과 꿈을 숨겨 왔다는 사실. 아빠가 삐뚤어진 데에 엄마 책임이 있다는 사실.

엄마가 충격 받는 걸 혼자 감당하고 싶진 않았다. 그건 당연히 아빠 몫이다. 당당하게 직장인 밴드에 들어가 아빠가 하고 싶은 걸 뒤늦게 하기 위해 단행한 일이다. 내가 그 결정에 조금 일조를 했다고 해서 뒷일까지 감당하고 싶진 않다.
 엄마는 으레 그러하듯 석민이 엄마네 매장으로 갔다. 웬일인지 매장이 한가했다.
 "온난화 때문인가? 왜 이렇게 따듯해. 코트가 영 안 팔려."
 "뭐, 좀 더 추워지면 사겠지. 그런데 말이야……."
 벼르고 있던 것인지 눈이 마주치자마자 두 아줌마는 수다를 떨기 시작했다. 나는 슬그머니 매장 안쪽 의자에 가 앉았다. 두 아줌마는 잠깐 자기들 입을 옷을 본다며 다른 층으로 갔다. 물론 매장에는 직원이 있었고 나는 꾸어다 놓은 보릿자루가 되어 버렸다. 엄마는 조금 전까지만 해도 아빠 문제로 심각하더니 친구가 그렇게 좋은지 표정까지 싹 바뀌었다. 세상에, 생기까지 넘친다.
 "어? 장은새."
 매장에 들어서던 키 큰 남자가 나를 불렀다. 석민이 키가 고새 더 컸다. 누구는 2년 전에 성장이 멈추고 누구는 쑥쑥 자라다니 불공평하다.
 "저기, 나랑 어디 가서 얘기할래?"
 "아니."

전 같으면 얼씨구나 하며 따라나섰겠지만, 나는 변했다. 키는 안 크지만 나이는 먹는다. 곧 열일곱 살이 된다. 석민이 얼굴을 보는 게 불편하기도 하고. 마주 보고 있다가 나도 모르게 따귀라도 때릴까 봐 겁이 난다.

"잠깐이면 돼."

"그럼 여기서 잠깐 해."

까칠한 목소리에 기가 죽은 듯 석민이가 작은 소리로 말했다.

"걔가 학교 안 나온다는 말 들었어. 너도 다 안 거지?"

"응."

"미안하다. 난 그냥 친구 한 명한테만 말한 건데……. 소문이 이상하게 나더라. 네가 누명을 쓸 줄은 정말 몰랐어."

석민이가 고개를 숙였다. 나는 가만히 석민이를 노려보았다.

"왜 가만히 있었어? 적어도 나는 알았어야 하는 거 아냐?"

"그거야……."

그거야 가만히 있으면 자신이 질타 받을 일은 없으니까. 방관자로 남을 수 있으니까. 자신의 멋있는 이미지를 유지할 수 있으니까. 귀찮지 않으니까. 혜나에 대한 미안함을 갚지 않아도 되니까. 그냥 두려웠으니까!

나는 머리를 긁적이는 석민이 손끝에서 많은 걸 읽어 냈다.

"됐어. 이제 공책 빌려 주는 것도 끝이니까 뭐."

"미안해. 지금이라도 걔한테 너 아니라고 말할까?"

비겁한 자식. 사실대로 말하겠다고 묻고 있으면서도 얼굴은 퍼렇게 질렸다. 더는 정의롭고 멋있는 기사, 석민이는 없었다. 그것 역시 석민이가 쓴 가면일 뿐이었다. 다른 애들 앞에서는 멋있는 척을 해 대지만 정작 중요한 때는 한발 물러나는 지질한 녀석. 그래도 양심은 있어서 내 주위를 맴돌며 걱정, 아니 나를 동정했던 녀석. 넌 키도 목소리도 어른이지만, 다른 건 어릴 때 그대로야. 일 년 전 그날, 내 눈에 뭐가 씌었던 것이 분명하다. 나는 껍질에 속았다.

"잘 가. 난 여기서 엄마 기다려야 해."

석민이는 한숨을 푹 쉬더니 오른손을 내밀었다. 하, 악수를 청하다니. 어디서 본 건 있어 가지고.

나는 그 손을 잡지 않았다. 가해자나 범인이라고 할 수는 없지만 어쨌든 원흉은 석민이의 혀였다. 석민이는 억지로 웃으며 점원에게 제 엄마 있는 곳을 묻더니 도망치듯 사라졌다.

설레는 첫사랑이 이렇게 끝나 버렸다. 석민이가 멀어져 가는데도 나는 보지 않았다. 열여섯 살이 끝나니까 모든 게 좀 나아지는 걸까? 아빠의 방황도, 엄마의 외로움도, 엘리와 엘리 아빠도……. 혜나의 비밀까지도. 끝난 건 일단 내 첫사랑뿐이다. 하지만 더 가 보고 싶다. 내 열일곱 살에 있는 게 무엇이든지 일단 만나 보고 싶다. 다른 사람들도 나처럼 그렇게 나아가려 하고 있는 거겠지?

따리링.

문자가 왔다.

나 내일 이름 바꾸러 갈 거다

이준연 어때?

아빠가 이름 지어줬어

예쁘지?

엘리였다. 명자는 엘리를 거쳐 준연이가 되었다. 준연. 이준연. 강하고도 부드러운 느낌이 엘리와 제법 잘 어울렸다. 엘리 여행기는 이렇게 끝나나 보다. 나중에 준연이의 여행기가 책으로 나오려나? 그때는 꼭 사서 읽어 봐야지.

"은새야, 아빠 밑에 차 가지고 왔대. 빨리 가자."

엄마가 바삐 외치며 달려왔다. 양손에 든 쇼핑백이 엄마의 부담감만큼이나 무거워 보였다. 나는 엄마에게 다가가 팔짱을 끼고 왼손에 든 쇼핑백을 빼앗듯 들었다. 이제야 엄마 손이 좀 가벼워 보였다. 엄마가 웬일이냐는 듯 나를 바라봤다.

"딸, 오늘은 뭐 먹을까? 미처 예약을 못 했네."

"돼지 갈비 먹자! 아빠랑 내가 젤 좋아하는 거."

얼떨결에 내 첫 번째 여행도 끝났다. 안녕, 열여섯 살. 이제 다음 여행을 준비해야겠다. 이번에는 짐 가방 안에 필요한 것을 다 챙겨 넣고, 지도에 꼼꼼히 체크하며 계획을 짜야지. 아차, 준연이에게 답장 먼저 보내고.

준연아 우리 청주갈래?
우리아빠랑 고양이가하는
공연보여줄게
우리같이가자!

작가의 말

길게 드리운 그림자. 깡마른 그림자의 그 애는 나에게 이렇게 물었다.

"넌 진정한 날라리가 뭐라고 생각하니?"

그 애는 아주 진지했다. 우스울 만큼 진지했다. 나는 그 애와 몇 번 말을 나눠 본 적도 없었다. 그 애는 툭 하면 학교를 빠졌고, 학교에 나온다고 해도 엎드려 자기 바빴다. 나는 그 애가 궁금했지만 우리는 함께 어울릴 일이 없었다.

그날은 참 이상한 날이었다. 골목길에서 불쑥 그 애가 튀어나왔다. 우리는 세상에서 가장 친한 친구라도 된 것처럼 나란히 걸었다. 마음이 간질간질하고 이상했다. 내가 그 애를 궁금해하는 만큼 그 애도 나를 궁금해한 것 같았다. 아니면 내 호기심 어린 눈길을 어느새 그 애가 눈치챈 것 같았다. 그렇게 우리는 가끔 같이 걷는 사이가 되었다.

후미진 시장 옆 놀이터에 가면 그 애가 혼자 그네에 앉아 있곤 했다. 좀 논다는 애들이 모이는 놀이터였는데, 그 애는 거기에서도 왕따였다. 아빠한테 맞아 멍이 든 날이면, 끼워 주지도 않는 틈바구니에서 욕을 먹으며 버티고 서 있었다. 무리에 끼면 다른 사람이 될 거라고 생각한 것 같다. 좀 더 강하고 센 사람.

사실은 나도 그랬다. 현실의 내가 아닌 다른 사람이 되고 싶었다. 좀 더 훌륭하고 아름다운 사람. 우리 반 누구처럼 얼굴이 예쁘고 인기가 많은 사람. 하지만 내 속내를 그 애에게 말할 기회는 없었다. 그 애가 알았어야 했는데. 누구나 그런 마음을 조금은 가지고 있다는 것을.

시간이 지나자 우리 사이는 그냥 아무것도 아닌 게 되어버렸다. 하지만 십오 년이 지난 지금도 가끔 동네 놀이터에 그 애가 나타난다. 길거리에도, 아무도 없는 학교 빈 운동장에도. 슬픈 얼굴을 감추느라 센 척하는 그 애들을 곳곳에서 만나곤 한다. 그 애는 엘리고, 또 은새이며 혜나이기도 하다.

나는 그 애 얼굴을 기억하지 못한다. 앞만 보고 걷기만 해서 마주 보지 못해서 그렇다고 변명해 본다. 하지만 그 애의 깡마른 그림자, 그 애의 그 물음만은 똑똑히 기억한다. 그래서 아직도 그 답을 찾아 헤매는 중이다.
"넌 진정한 날라리가 뭐라고 생각하니?"